Fräulein Söderbaum
und der allzu
liebenswürdige
Bräutigam

Über dieses Buch

Bad Ems 1863.
Seit Klara Söderbaums Vater durch einen Betrüger in die
geschäftliche Pleite und in den Selbstmord getrieben wurde,
muss Klara ihren Lebensunterhalt als Gouvernante ver-
dienen. Ein Beruf, der ihr leichter fallen würde, wenn die
Bankiersgattin Rotherbruch nicht so nachlässig bei der Erziehung ihrer Tochter Theodora wäre. Als ein möglicher Bewerber um die Hand der Bankierstochter getötet wird, ist Klara
gezwungen, Erkundigungen einzuziehen, um sicherzustellen,
dass sich Theodora durch ihre Bekanntschaft mit dem Spieler
und Schürzenjäger nicht kompromittiert hat. Dabei begegnet
sie durch Zufall wieder dem Mann, der den Ruin ihrer Familie verschuldet hat.
Und sie entdeckt, dass der Betrüger seinerseits gejagt wird.

Die Autorin

Kristina Ruprecht studierte Germanistik und Politikwissen-
schaft in Stuttgart und arbeitete als PR-Texterin und freie
Journalistin in den Bereichen Wirtschaft und IT.
Seit ihrem Umzug in die Nähe von Bad Ems widmet sie sich
verstärkt dem Schreiben von historischen Romanen.
Fräulein Söderbaum und der allzu liebenswürdige Bräutigam ist
der erste Teil einer Trilogie um eine Gouvernante im Bad Ems
des 19. Jahrhunderts.

Bereits erschienen sind:

- *Franziska, der Schatz des Doktors und die preußische Marine*
- *Sauerwasser und Jungfernpalme*

Fräulein

Söderbaum

und der allzu liebenswürdige Bräutigam

Kristina Ruprecht

Bibliographische Information der Deutschen
Nationalbibliothek:
Die Deutsche Nationalbibliothek verzeichnet
diese Publikation in der Deutschen Nationalbibliografie;
detaillierte bibliografische Daten sind im Internet über
http://dnb.dnb.de abrufbar.

© 2018 Kristina Ruprecht, Dausenau
Umschlaggestaltung AtelierKR unter Verwendung
eines Motives von Francesco Hayez
Illustrationen © AtelierKR
Herstellung und Verlag:
BoD – Books on Demand, Norderstedt
ISBN: 9783752886528

Personenverzeichnis:

Im Hotel Russischer Hof:

Friedrich Wilhelm Rotherbruch – Bankier
Lucille Ottilie Rotherbruch – Bankiersgattin
Theodora Rotherbruch – ihre Tochter
Adalbert Rotherbruch – ihr Sohn

Klara Söderbaum – Gouvernante

Rudolf Lichtblau – Hauslehrer
Joseph Krause – neuer Hauslehrer

Baron von Hinderlingen
alias Konsul Hinder – Betrüger

Im Hotel Vier Jahreszeiten:

Walther von Paumeck – Spieler und Herzensbrecher

Im Hotel Schloss Langenau:

Ignatz von Paumeck – Walthers Großvater
Otto – sein Kammerdiener

Im Hotel Stadt Wiesbaden:

Jacques Offenbach – Komponist
Zulma Boufar – Sängerin

Im Dorf Ems:

Hans Dante Moorheim – jagt Betrüger
Cornelia von Wandelbach – kränkelndes Freifräulein
Herrmann von Wandelbach – ihr Bruder

Annemarie Koeber – unglückliche Verlobte
Frau Koeber – ihre Mutter

Sonstige:

Hanna – Bedienung im Kaffeehaus

Johannes – eifersüchtiger Apotheker

Maestro Igor Tugajew – Theodoras Klavierlehrer

Bad Ems 1863

1. Kapitel

W as erlauben Sie sich?" Klara Söderbaum sah den Blumenstrauß gar nicht an. Sie schleuderte ihn über das Ufergeländer der Promenade und hörte, wie er ins Wasser klatschte.

Der Mann, der ihr das Gebinde überreicht hatte, zog seine Augenbrauen hoch, bis sie unter den modisch zerzausten und in die Stirn gekämmten Locken verschwanden. „Sind Sie sicher, dass Fräulein Theodora und die werte Frau Rotherbruch Ihre Loyalität zu schätzen wissen?"

„Das habe ich nicht zu beurteilen", sagte Klara steif, „entschuldigen Sie mich bitte."

„Aber natürlich", er verbeugte sich übertrieben tief. „Ich entschuldige Sie wirklich sehr gerne. Sobald ich Theodora geheiratet habe, werden Sie ohnehin nicht mehr gebraucht."

Klara drehte sich um und ging davon.

Einige der Müßiggänger auf der Promenade hatten die Szene neugierig beobachtet und wandten sich nun wieder ihren eigenen Angelegenheiten zu. Ein Ausflügler, der mit seinem Kahn auf dem Fluss herumpaddelte, fischte die Blumen auf.

Ein Blick auf die Uhr belehrte Klara, dass der Morgen schon recht weit fortgeschritten war. Ihre Stiefel knirschten durch den Kies der Promenade und sie raffte den Rock ein wenig, um schneller gehen zu können. Der Brief ihrer Mutter, den sie gerade auf dem Postamt abgeholt hatte, knisterte in ihrer Tasche, aber sie würde ihn erst heute Abend lesen können.

Sonnenschein vertrieb den Dunst zwischen den steilen Hügeln des Lahntales. Heute würde es warm werden. Klara spürte, wie ein Schweißtropfen zwischen ihren Schulterblättern herabrann. Wahrscheinlich war ihr Gesicht inzwischen rot angelaufen. Sie zwang sich zu einer langsameren Gangart. Der Tag hatte ärgerlich genug begonnen. Beim Anziehen musste sie feststellen, dass sich eine Naht an ihrem Korsett auftrennte, und vor der Post war sie von einer vierspännigen Kutsche fast über den Haufen gefahren worden. Die Begegnung mit diesem jungen Schnösel bildete die Krönung des Ganzen. Dabei hatte sie den kleinen Umweg zur Kurpromenade eigentlich gemacht, um den morgendlichen Frieden zu genießen.

Als Klara Theodoras Zimmer im Hotel „Russischer Hof" betrat, hatte die Bankierstochter ihre Morgentoilette bereits beendet. Klara musterte ihren Schützling kritisch. Wenn sie es nicht besser wüsste, dann hätte sie angenommen, dass sich das Mädchen im Kleiderschrank seiner Mutter bediente. Dieses rosafarbene Kleid mit Ärmeln aus halb durchsichtigem Stoff und einem Rock, der überladen war mit Volants, Rüschen und Schleifen, schien der Hamburger Gouvernante so gar nicht passend für einen Backfisch in Theodoras Alter.

„Wie finden Sie das Kleid?", Theodora drückte an ihren Hutnadeln herum, um dem kleinen, mit Seidenblumen geschmückten Strohhütchen eine verwegene Neigung zu geben.

„Es wirkt sehr erwachsen."

„Die Schneiderin meinte, es würde zu mir passen."

„Und deine Mutter?"

„Sie ist der gleichen Meinung wie die Schneiderin – weil die es schließlich wissen muss, sie kommt immerhin aus Paris." Theodora griff sich den mit Rüschen garnierten Sonnenschirm. „Können wir?"

„Kennst du einen Walther von Paumeck?", fragte Klara, während sie die Promenade entlangschlenderten.

Theodoras Wangen nahmen einen rosigen Schimmer an. „Kann sein."

Klara blieb stehen und schaute das Mädchen ernst an. „Warum weiß ich davon nichts?"

„Als ich neulich Maman und Adalbert zur Trinkkur begleitete, da bin ich mit Walther in der Brunnenhalle zusammengestoßen. Er hat sich nett entschuldigt und dann haben wir miteinander geplaudert. Er war sehr unterhaltsam." Theodora ging weiter und lächelte einem bärtigen Herrn zu, der am Ufergeländer lehnte. „Ob das der russische Zar ist? Man erzählt sich, er käme oft hierher."

Klara schüttelte ärgerlich mit dem Kopf. Theodora glaubte immer noch, sie käme bei ihr mit solchen Ablenkungsmanövern durch. „Dieser Paumeck hat mir vorhin aufgelauert, überreichte mir einen Blumenstrauß und trug mir herzliche Grüße an dich auf."

„Wo ist der Blumenstrauß?"

„Den habe ich natürlich nicht angenommen."

„Schade."

„Theodora!" Klara musste das Mädchen unbedingt zur Vernunft bringen. Sicher, Bad Ems war ein Kurort, hier herrschten lockerere Sitten als anderswo. Trotzdem war sie gegenüber Theodoras Eltern dafür verantwortlich, dass sich ihre Tochter keinen schlechten Ruf zuzog, der ihr möglicherweise bis nach Frankfurt folgte.

„Finden Sie ihn denn gar so schlimm?", fragte Theodora, nachdem die Frauen eine Weile schweigend nebeneinander hergegangen waren.

„Sein Benehmen kann man keinesfalls als korrekt bezeichnen." Klara wollte gar nicht erst auf ihre persönlichen Gefühle gegenüber diesem Menschen eingehen. „Er sollte sich zuerst deinen Eltern vorstellen. Bei ihnen liegt die Entscheidung, ob sie ihm den Umgang mit dir erlauben."

„Mit Maman werde ich schon fertig – und Papa ist ja nicht hier."

Klara seufzte. Genau darin lag das Problem. Theodoras Mutter war für Auseinandersetzungen mit ihrer Tochter viel zu träge, und wenn ein junger Mann von Adel auftauchte, dann sah sie nur zu gerne über ungehöriges Benehmen hinweg.

„Du musst daran denken, was die Leute reden könnten. Gerade im Kurbad haben sie doch nichts anderes zu tun, als zu tratschen."

„Eben", sagte Theodora altklug, „deshalb nimmt ja auch niemand ernst, was man so hört."

Klara ahnte, dass das Mädchen nicht ganz unrecht hatte. Aber sie wusste auch, dass man sich nicht auf das kurze Gedächtnis der Gesellschaft verlassen durfte.

„Ist das denn alles gar so dramatisch?" Lucille Ottilie Rotherbruch wühlte zerstreut in ihrem Nähkästchen zwischen den Stickgarnen herum. Obwohl der Mittag schon vorüber war, trug die hübsche Bankiersgattin immer noch ihr Morgenkleid und die Haare waren so nachlässig aufgesteckt, dass sich die feinen blonden Löckchen um ihre Wangen ringelten.

„Es sollte gar nicht erst dramatisch werden", sagte Klara.

Frau Rotherbruch klappte den Kasten mit den bunten Garnen zu und klopfte neben sich auf das Polster des Sofas. „Sie machen mich ganz nervös, wenn Sie so herumstehen."

Klara ließ sich auf der vordersten Kante des Sitzmöbels nieder. „Theodora ist in einem Alter, in dem junge Mädchen zu unüberlegten Handlungen neigen."

„Da haben Sie sicher recht", die Bankiersgattin legte kraftlos die Hände in den Schoß. „Was würden Sie mir raten?"

Klara dachte an ihre eigene Mutter. Die hätte ihr etwas erzählt, wenn sie hinter ihrem Rücken mit einem jungen Mann geplaudert hätte, von dem man rein gar nichts wusste.

Lucille Ottilies Stimme riss sie aus ihren Erinnerungen. „Ob ich sie ermahnen soll? Oder ihr besser gleich den Umgang mit diesem Menschen verbieten? Aber vielleicht wäre das auch nicht richtig, möglicherweise hat er ja ernsthafte Absichten?"

„Das wage ich zu bezweifeln."

Es klopfte und ein Page schob sich ins Zimmer, schwer beladen mit zwei großen Blumensträußen und einer Schachtel. „Gnädige Frau, das wurde soeben abgegeben."

„Oh, wie schön! Geschenke!" Lucille klatschte in die Hände. Dann pflückte sie die Briefchen, die zwischen den Blüten steckten, heraus und befahl dem Pagen, Vasen zu besorgen.

„Ich wette, da drin ist Konfekt." Der zwölfjährige Adalbert war in den Salon gekommen und betrachtete die Schachtel mit begehrlichen Blicken.

„Erst sollten wir herausfinden, wer uns das geschickt hat", sagte Klara und gab Adalbert einen Klaps auf die Finger, als er den Deckel der Schachtel anheben wollte.

Lucille Ottilie lachte leise. „Ein Blumengebinde ist offenbar für Sie bestimmt". Sie hatte die Anschriften auf den Briefchen gelesen und reichte eines davon an Klara weiter. *Für den Drachen, der die holde Prinzessin bewacht,* stand darauf. Sie brach das Siegel, das ein ihr unbekanntes Familienwappen zeigte.

... *Ein Ersatz für die Blumen, die unglücklicherweise ins Wasser gefallen sind.*

„Was steht da?", fragte Adalbert.

„Frechheiten", knurrte Klara.

Der Brief für die Bankiersgattin war etwas länger ausgefallen und sie las ihn mit einem Lächeln auf den Lippen. „Mir hat er keine Frechheiten geschrieben", sagte sie. „Im Gegenteil, er entschuldigt sich dafür, dass er nicht schon längst bei mir vorgesprochen hat, und bittet mich, ihm die Gelegenheit zu geben, das nachzuholen."

Klara presste die Lippen zusammen.

„Ich sehe keinen Grund, warum ich ihm diesen Gefallen verweigern sollte", sagte Frau Rotherbruch. Mit ihrem schiefgelegten Kopf und den runden blauen Augen wirkte sie wie ein verwöhntes kleines Kätzchen.

Klara räusperte sich. „Man sollte zuerst Erkundigungen ..."

Lucille nickte heftig. „Erkundigungen sind immer gut. Machen Sie das!"

„Ich dachte eigentlich daran, Herrn Rotherbruch zu schreiben, damit er sich darum kümmert."

„Nein, nein, das machen wir anders." Wenn Lucille Ottilie erst einmal einen ihrer Entschlüsse gefasst hatte, dann war sie nur schwer davon abzubringen. „Wir stellen selbst Nachforschungen an. Und nur wenn die vielversprechend ausfallen, ziehen wir Friedrich Wilhelm hinzu. Wir wollen doch nicht, dass er sich unnötig Gedanken macht." Sie zog die Konfektschachtel heran, lüftete den Deckel und schob das Papier, auf dem der Name einer erstklassigen örtlichen Konditorei aufgedruckt war, beiseite. „Das sieht lecker aus." Sie hob ein mit verzuckerten Veilchenblüten verziertes Praliné heraus. Dann gab sie der Schachtel einen Stups in Klaras Richtung. „Bedienen Sie sich."

„Bei manchen Eingeborenenstämmen in Afrika wird der Preis für eine Braut in Esssachen bezahlt – oder in Vieh", Adalbert musterte die Konfektschachtel. „Ob man das in Kühe umrechnen kann?"

Klara musste sich ein Lächeln verbeißen und Lucille Ottilie musterte ihren Sohn missbilligend: „Auf was für Ideen du kommst – wir wollen Theodora doch nicht verkaufen."

„Schade", der Junge hustete kurz, dann schnappte er sich mit einer schnellen Bewegung eine mit Schokolade überzogene Mandel und sauste aus dem Zimmer, bevor eine der Frauen etwas sagen konnte.

„Er interessiert sich zurzeit für alles, was ferne Länder betrifft", meinte Klara.

„Das verwächst sich hoffentlich", die Bankiersgattin angelte nach einem weiteren Praliné.

Klara wusste, dass Bankier Rotherbruch fest damit rechnete, dass der Junge eines Tages seine Nachfolge antreten würde. Seine einzige Sorge bestand darin, dass Adalbert seit dem letzten Winter unter Asthmaanfällen litt. Um die ein für alle Mal auszukurieren, hatte Friedrich Wilhelm Rotherbruch seine Frau mit den beiden Kindern samt Gouvernante und Hauslehrer für die Saison nach Bad Ems geschickt.

„Es wäre zu schön, wenn unsere Familie wieder eine Verbindung zum Adel bekäme." Lucille Ottilie pustete ein Puderzuckerstäubchen von ihrem Daumen und lächelte versonnen.

Als geborene *von Birkenbach* hatte sie seinerzeit nur unter dem Druck der Verhältnisse einen Bürgerlichen geheiratet – und damit ihre Angehörigen vor dem Armenhaus bewahrt. Sie sah Klara an. „Finden Sie mir heraus, was dieser Walther von Paumeck für ein Mensch ist und ob er es ernst meint."

2. Kapitel

Den Nachmittag begann Klara auf einer Bank vor Walthers Hotel. Um sicherzugehen, dass es das richtige war, hatte sie eigens in den Kurlisten nachgesehen, die im Leseraum des „Russischen Hofs" auslagen und in denen die Namen aller Gäste des Ortes samt den Hotels und Logierhäusern, in denen sie wohnten, abgedruckt waren. Die „Vier Jahreszeiten", in denen der Herr abgestiegen war, lagen schräg gegenüber dem Kursaal und gehörten zu den besten Häusern von Bad Ems.

Mit beiden Händen hielt sich die Gouvernante an einem Liebesroman fest, in den sie vollständig versunken war. Jedenfalls bemühte sie sich, diesen Eindruck zu erwecken, indem sie sich das Buch immer dichter vor die Augen hielt. In Wahrheit konzentrierte sie sich jedoch auf den Eingang des Hauses, vor dem sie saß.

Klara bereute immer noch, dass sie sich überhaupt auf den verrückten Plan der Bankiersgattin eingelassen hatte. Es war schließlich die Aufgabe eines Vaters, den

Mann, der um die Hand seiner Tochter warb, unter die Lupe zu nehmen. Der Bankier war zwar nicht hier, da ihn seine Geschäfte in Frankfurt festhielten, aber er befand sich durchaus in der Lage, auch von dort aus gewisse Erkundigungen einzuziehen.

Die Buchstaben verschwammen vor Klaras Augen und sie musste blinzeln. Es war besser, die Erinnerungen an ihren eigenen Vater jetzt beiseitezuschieben.

Eine Bewegung am Eingang des Hotels zog ihre Aufmerksamkeit auf sich. Der Portier öffnete die Tür und winkte eine Droschke heran. Klaras Körper spannte sich. Wollte Walther von Paumeck ausfahren? Aber es waren nur zwei ältere Herren, die das Hotel verließen und in die Kutsche stiegen.

Klara blätterte um.

Die Mittagsruhe, während der die meisten Kurgäste in ihren Hotels speisten und ein Nickerchen machten, ging langsam zu Ende. Die Straße füllte sich mit flanierenden Menschen, die lächelten, grüßten und Bemerkungen über das schöne Wetter austauschten.

Wieder tat sich etwas am Hoteleingang. Diesmal waren es gleich mehrere Damen und Herren, die der Portier verabschiedete. Befand sich Walther darunter? Klara senkte den Kopf und spähte vorsichtig unter ihrer Hutkrempe hervor. Erst als sich die Gruppe auflöste – ein Paar spazierte in Richtung des Kursaales, die Übriggebliebenen machten sich auf den Weg zum Badhaus, konnte Klara erkennen, dass Walther nicht dabei war. Sie rutschte vorsichtig hin und her. Auf der ungepolsterten Bank begann langsam, aber sicher, ihr Hinterteil zu schmerzen. Sie blätterte wieder eine Seite um und unterdrückte ein Gähnen. Vielleicht sollte sie etwas auf und ab gehen, aber dabei konnte sie den Hoteleingang nicht ständig im Auge behalten. Besser sitzen bleiben.

Als sie sich schon fast entschlossen hatte, ihren Beobachtungsposten aufzugeben und das Schmollen ihrer Herrin über sich ergehen zu lassen, trat Walther aus dem Hotel. Klara hielt sich das Buch vors Gesicht.

Der junge Mann blieb auf der Eingangstreppe stehen. Er zog ein silbernes Etui aus der Tasche, zündete sich ohne Eile eine Zigarre an und spazierte dann die Römerstraße entlang davon.

Klara verstaute das Buch in ihrem bestickten Beutel und folgte Walther. Dabei achtete sie darauf, dass sich mindestens ein oder zwei Spaziergänger zwischen ihnen befanden. Wenn Walther bemerken würde, dass sie ihn verfolgte, wäre ihr das im höchsten Maße peinlich.

Der junge Herr schlenderte an den Auslagen der luxuriösen Geschäfte vorüber und blieb vor einem Juwelierladen kurz stehen, um das Schaufenster zu betrachten. Klara interessierte sich solange für die Ausstellung des Hutladens daneben. Schließlich betrat Walther von Paumeck ein Kaffeehaus. Nachdem Klara eine Weile die ausgehängte Speisekarte studiert hatte, folgte sie ihm hinein und sah sich vorsichtig um. Der Gesuchte saß in einer der halbrunden Nischen an der Rückwand des Raumes, hatte eine Kaffeetasse vor sich stehen und blätterte in einer Zeitung. Klara suchte sich einen Platz an einem Einzeltisch beim Fenster. Von hier aus konnte sie – zwischen den Wedeln einer Topfpalme und einer Gruppe korpulenter Matronen – den Verfolgten unauffällig im Auge behalten. Sie bestellte sich ebenfalls einen Kaffee und packte ihr Buch aus.

Walther winkte die junge Kellnerin heran und plauderte mit ihr. Leider konnte Klara nichts verstehen, da die Damen am Nebentisch ununterbrochen schwatzten. Die Bedienung schien sich prächtig zu amüsieren. Sie ging kurz zur Theke, um eine Bestellung weiterzuleiten, dann kehrte sie an Walthers Tisch zurück und die Neckerei ging weiter. Es brauchte ein energisches Winken des Cafébesitzers, damit die anderen Gäste ihre Speisen und Getränke erhielten. Mit einem Cognacschwenker auf dem Tablett ging die Kellnerin erneut kichernd zu Walther hinüber. Als die Damen am Nebentisch kurz schwiegen, hörte Klara, wie die junge Frau mit gespielter Empörung ausrief: „Sie sind mir vielleicht einer!"

Daraufhin hob eine besonders ehrfurchtgebietende Matrone ihr Lorgnon und starrte die Bedienung eisig an. Diese duckte sich und eilte zum Nebentisch, an dem schon seit einer Viertelstunde ein älterer Herr darauf wartete, seine Rechnung begleichen zu können.

Nachdem Walther seinen Cognac ausgetrunken hatte, verließ er das Lokal. Klara beeilte sich, ihren Kaffee zu bezahlen, um den jungen Mann nicht aus den Augen zu verlieren. Auf der Straße angekommen, sah sie gerade noch, wie er eine Tabakwarenhandlung betrat. Vorsichtig näherte sie sich dem Schaufenster und warf einen Blick ins Innere des Ladens. Offensichtlich herrschte gerade Hochbetrieb. Eine ganze Gruppe von Kunden drängte sich in dem kleinen Raum und die beiden Männer hinter der Theke waren vollauf beschäftigt mit dem Heraussuchen und Verkaufen von Pfeifen, Zigarillos und Zigarren. Klara betrat den nach Tabak duftenden Laden und musterte die Pfeifenköpfe, die im dunkleren Teil des Raumes ausgestellt waren. Sie hörte, wie Paumeck eine bestimmte Zigarrensorte verlangte. Der Verkäufer holte die Kiste aus dem Hinterzimmer und entnahm ehrfürchtig einige der braunen Rollen. Klara sah, dass das Innere der Zigarrenkiste mit Metall ausgeschlagen war. Paumeck reichte dem Verkäufer sein silbernes Etui und die Zigarren wanderten zügig hinein, um ja nicht zu lange der trockenen Luft ausgesetzt zu sein. Nachdem der junge Mann gezahlt hatte, verließ er das Geschäft. Klara überlegte schon, ob sie ebenfalls hinausschlüpfen und ihm folgen sollte, da hörte sie, wie einer der Verkäufer dem Kunden, den er gerade bediente, zuflüsterte: „Eine bessere Werbung als den Herrn, der gerade gegangen ist, können wir uns kaum vorstellen. Immer wenn er bei uns eingekauft hat, setzt er sich auf die Bank vor dem Laden und raucht die erste Zigarre gleich dort. Und dabei macht er solch ein glückseliges Gesicht, dass manche Kunden schon allein deswegen zu uns hereinkommen."

Als Klara an der Reihe war, erzählte sie dem Mann hinter der Theke weitschweifig, dass ihr Bruder in Kürze Geburtstag habe und dass sie ihm einige wirklich gute Zigarren schenken wollte. „Was hat denn dieser Herr, der gerade gegangen ist, gekauft?" Sie beschrieb den Herrn von Paumeck. Der Mann lachte. „Bitte entschuldigen Sie, gnädige Frau, aber das werden Sie sich nicht leisten können. Das waren Zigarren, die wir nur an ganz spezielle Kunden herausgeben, die direkt danach fragen. Für Ihren werten Herrn Bruder könnte ich Ihnen hier verschiedene Sorten von Havannas empfehlen." Er legte Klara ein ganzes Sortiment unterschiedlich langer und dicker Zigarren vor, erklärte dies und erläuterte jenes. Um das Ganze abzukürzen, erwarb die Gouvernante einige Stücke und beschloss, diese wirklich an ihren Bruder zu schicken. Eine andere Verwendung hatte sie nicht dafür. Als sie bezahlte, erkundigte sie sich: „Was war denn das für ein Herr, der die teuren Zigarren gekauft hat? Der muss wohl sehr reich sein."

„Das war der Herr von Paumeck", der Verkäufer reichte ihr das Wechselgeld. „Wie reich er ist, das entzieht sich meiner Kenntnis, aber auf jeden Fall weiß er, wie man es sich gut gehen lässt." Er warf seinem Kollegen einen vorsichtigen Seitenblick zu und dieser lief rot an. „Da brauchen Sie wahrhaftig nicht darauf herumzureiten", zischte er ihm zu. Der Verkäufer, der Klara das Päckchen mit den Zigarren zuschob, grinste. „Dem hat der Herr von Paumeck die Freundin ausgespannt. Gegen einen vornehmen Herrn hat unsereins eben keine Chance."

Bevor Klara das Geschäft verließ, vergewisserte sie sich mit einem Blick durchs Fenster, dass Walther immer noch auf seiner Bank saß und dem Eingang des

Tabakladens den Rücken zukehrte. Sie schlenderte bis zum Schaufenster eines Handschuhmachers, der auch andere hübsche Kleinigkeiten für Damen verkaufte. Ein Kaschmirschal hatte es Klara sofort angetan, aber sie wusste, dass er bei Weitem zu teuer für sie war. Sie bemühte sich, nicht die ausgestellten Waren anzusehen, und konzentrierte sich stattdessen auf die Spiegelung, die es ihr erlaubte, den Herrn von Paumeck zu beobachten, der endlich seine Zigarre zu Ende geraucht hatte, von der Bank aufstand und auf einen Blumenladen zusteuerte.

In ihrer Hast, ihm auf den Fersen zu bleiben, folgte die Gouvernante, ohne sich zu vergewissern, ob sich noch andere Personen im Laden befanden, hinter denen sie sich verstecken konnte. Erst als die Glastür hinter ihr zufiel, erkannte sie ihren Fehler. Walther stand allein am Ladentisch und der Verkäufer zeigte ihm einige Rosen. Klara drehte sich abrupt um und betrachtete die blühenden Mimosenzweige, die in einem Eimer neben der Tür standen.

„Darf ich Ihnen behilflich sein?" Der zweite Verkäufer trat zu ihr und deutete eine Verbeugung an.

„Sind die auch frisch?" Klara zeigte auf die Mimosen.

„Selbstverständlich, gnädige Frau, unser Gärtner hat sie heute Morgen erst gebracht."

„Und woher hat er sie gebracht?" Klara hoffte inständig, dass Walther nicht ihre Stimme erkannte.

„Aus seinem Gewächshaus selbstverständlich." Der Verkäufer faltete die Hände über der grünen Schürze.

„Die gnädige Frau wird lange ihre Freude an den Blüten und dem herrlichen Duft haben."

Davon war Klara überzeugt, aber sie musste das Gespräch unbedingt so lange weiterführen, bis der Herr von Paumeck den Laden wieder verließ. „Sie scheinen recht wenige Knospen zu haben."

Walther hatte sich inzwischen für zwei einzelne Rosen entschieden. Jetzt ging der Mann, der ihn bediente, um den Verkaufstisch herum und befestigte eine der Blüten in seinem Knopfloch.

„Aber nein, gnädige Frau, für Mimosen ist die Anzahl der Knospen völlig in Ordnung."

Nachdem Paumeck bezahlt hatte, begleitete der Verkäufer ihn zur Tür. Klara bückte sich und nahm die Mimosen noch genauer in Augenschein. „Die Blätter sehen mir nicht ganz frisch aus."

„Sieh da, der Drache in Aktion!"

Klara fuhr hoch.

„Jetzt weiß ich, warum Sie sich keine Blumen schenken lassen", Walther grinste sie an.

Klara wurde rot. „Ich bin eben wählerisch. Sowohl was die Blumen betrifft, als auch in Bezug auf den, von dem ich sie bekomme."

„Auf baldiges Wiedersehen, Drachenfrau." Paumeck lüftete den Zylinder und verließ den Laden.

Jetzt standen beide Verkäufer diensteifrig vor Klara. Am liebsten wäre sie sofort hinter Walther hergerannt, aber das ging nicht. Sie kaufte einen kleinen Strauß Mimosen, schnüffelte misstrauisch daran, um ihrer

Rolle als kritische Kundin treu zu bleiben, ließ sich die Tür öffnen und hielt Ausschau nach dem Verfolgten.

Wo war er hingegangen? An der Römerstraße reihten sich Restaurants, Hotels und vornehme Läden aneinander wie die Perlen eines Colliers. Eine endlose Anzahl von Verlockungen zum Essen, Trinken und Einkaufen. Gegenüber gab es eine wohlgepflegte Parkanlage mit Blumenbeeten und sorgfältig beschnittenen Bäumen. Mitten hindurch führte die Kurpromenade und dahinter glitzerte das Wasser der Lahn.

Aufs Geratewohl ging Klara die Straße entlang. Dort hinten, war das Walthers Jacke? Sie beschleunigte den Schritt und bremste kurz darauf wieder enttäuscht ab. Die Farbe der Hose stimmte nicht. Wieder schaute sie sich um. Der graue Zylinder dort hinten? Nein. Enttäuscht blieb sie stehen. Geradeaus begann der Kurpark mit Büschen, hohen Bäumen und anmutig geschwungenen Rasenflächen. Konnte er dorthin gegangen sein? Klara tat einige Schritte in Richtung des Parks. Der Herr dort hinten, der gerade in den Schatten der Bäume trat - sein selbstbewusster Gang kam ihr bekannt vor. Erleichtert eilte sie hinterher. Walther schien etwas zu suchen, denn er schaute sich immer wieder um. Die Gouvernante wollte ihm nicht zu nahe kommen, deshalb setzte sie sich auf eine Bank und folgte dem Mann nur noch mit ihren Blicken. Sie sah, wie er quer über eine Rasenfläche ging und auf eine Laube zusteuerte, in der eine weibliche Gestalt saß. Klara wechselte auf einen neuen Sitzplatz, von dem aus sie beobachten konnte, was dort vorging.

Neben der jungen Frau in der Laube ließ sich Walther nieder und überreichte ihr die Rose, die er soeben erworben hatte. Dann redeten die beiden. Die Entfernung war zu groß, als dass Klara verstanden hätte, worüber sie sich unterhielten, aber es war offensichtlich, dass das Thema der Gesprächspartnerin gefiel. Sie überließ ihm ihre Hand und zog sie auch nicht weg, als Walther einen Kuss darauf drückte.

Nach einer Weile stand die Frau auf und ging davon. Der Mann blieb in der Laube sitzen und sah ihr nach.

Klara überlegte. Eigentlich sollte sie Walther beobachten, aber wenn sie etwas über seine Bekannte herausfinden könnte, dann würde das wohl auch einiges über seinen Charakter aussagen. Kurz entschlossen verließ sie ihre Bank und ging der Frau hinterher. Die Gouvernante bemerkte, dass es sich bei ihr fast noch um ein Mädchen handelte, das kaum älter sein konnte als Theodora. Ihrer Kleidung nach zu urteilen, gehörte sie jedoch nicht zu der vornehmen Gesellschaft, die normalerweise den Nachmittag im Park verpromenierte.

Die junge Frau verließ das Kurviertel und wandte sich in Richtung auf das Dorf Ems, den Ortsteil, in dem die meisten Einheimischen und auch die weniger gut betuchten Kurgäste wohnten. Das große Haus, das sie schließlich betrat, lag an einer Straßenkreuzung und auf dem Schild neben der Tür war zu lesen, dass hier ein Doktor Koeber wohnte und praktizierte. Um ihrer Tarnung als Spaziergängerin gerecht zu werden, wanderte Klara noch ein Stückchen weiter die Straße entlang, die bald aus dem Ort hinaus und durch die weiter lahnabwärts gelegenen Wiesen führte. Schließlich kehrte sie um. Als sie wieder an dem Haus vorüberging, hörte sie streitende Stimmen, die aus dem rückwärtigen Garten zu kommen schienen. Klara blieb stehen. Ein kleiner Fußweg, der von Holunderbüschen und Haselsträuchern gesäumt wurde, zweigte von der Straße ab. So wie es aussah, trennte er das Arztgrundstück von dem danebenliegenden Obstgarten. Während Klara diesen Weg entlangging, wurden die Stimmen deutlicher und schließlich konnte sie durch die Sträucher hindurch einen vorsichtigen Blick auf die Sprecher werfen. In einem Beet mit Erdbeerpflanzen kniete eine Frau mittleren Alters, die einen Strohhut trug. Das Beerenpflücken hatte sie unterbrochen, um dem jungen Mädchen, dem Klara gefolgt war, eine Strafpredigt zu halten. „… ohne jemanden Bescheid zu sagen. Hast du dich etwa wieder mit diesem adligen Herrn getroffen? Die Leute reden schon und dein Vater weiß gar nicht mehr, was er zu Johannes sagen soll."

Das Mädchen setzte sich auf die hölzerne Gartenbank. „Wenn er Johannes keine Hoffnungen gemacht hätte, dann müsste er ihm jetzt gar nichts sagen."

„Junge Dame", die Frau im Erdbeerbeet stand auf und strich sich eine Haarsträhne aus dem verschwitzten Gesicht, „du warst es, die noch vor drei Monaten erklärt hat, ohne Johannes nicht leben zu können. Damals waren wir sehr glücklich über deine vernünftige Wahl."

„Und nun habe ich mich eben anders entschieden!"

„Das geht aber nicht so einfach, Annemarie. Man erzählt sich, dass Johannes das Müller'sche Haus kaufen will."

„Was geht mich das an?"

„Was wird es dich wohl angehen? Solange Johannes Junggeselle ist, wohnt er gut in dem kleinen Zimmerchen bei der Witwe Tilman. Aber wenn er heiratet, dann braucht er Platz für eine Familie."

„Dann soll er eben heiraten." Annemarie lehnte sich auf der Bank zurück. „Ich wünsche ihm viel Glück dazu."

Die Frau raffte ihren Rock, trat mit einem großen Schritt aus dem Erdbeerbeet heraus und setzte sich neben Annemarie. „Johannes will das Haus kaufen, weil er plant, dich zu heiraten. Dein Vater hat auch schon zugesagt, sich an den Kosten für die Einrichtung zu beteiligen."

Annemarie zog die Augenbrauen hoch. „Davon wusste ich gar nichts."

„Es sollte eine Überraschung sein."

„Dann kann ich ja nichts dafür, dass sie nicht funktioniert." Annemaries Augen blitzten. „Vielleicht bereite ich euch ja eine noch viel größere Überraschung."

„Willst du damit sagen, dass Walther von Paumeck ..." Die ältere Frau schlug die Hand vor den Mund.

„Gesagt hat er nichts, aber er hat auch nicht widersprochen, als ich eine Andeutung in diese Richtung gemacht habe."

„Ach Annemarie." Die Frau tätschelte ihrer Tochter das Knie. „Die Versprechungen oder Beinahe-Versprechungen dieser adligen Kurgäste darfst du doch nicht glauben. Denen geht es nur um den Zeitvertreib."

„Nein, Walther ist nicht so!" Annemarie sprang von der Bank auf und lief ins Haus. Ihre Mutter sah ihr nach und seufzte. Dann nahm sie den Korb mit den Erdbeeren und ging ebenfalls hinein.

3. Kapitel

Klara war der Ansicht, dass sie inzwischen genug über Walther von Paumeck wusste. Er benahm sich keinen Deut besser, als sie erwartet hatte. Sie hoffte, dass Frau Rotherbruch sich nicht länger von seinem Adelstitel blenden ließ.

Gerade als sie die Eingangstreppe des „Russischen Hofs" erreicht hatte, fuhr eine Droschke vorbei. In der Kutsche erkannte sie das Profil Walther von Paumecks. Wo kam der jetzt her? Für die kurze Strecke vom Kurpark brauchte man keine Droschke, also war er noch irgendwo anders gewesen, während sie Annemarie Koeber verfolgt hatte. Klara war neugierig genug, dass sie sich verlocken ließ, der Kutsche die wenigen Schritte bis zu den „Vier Jahreszeiten" zu folgen.

Der junge Mann stieg aus, bezahlte den Kutscher, blickte zu Klara hinüber und winkte ihr mit einem frechen Grinsen zu. „Einen schönen Tag wünsche ich Ihnen, Drachenfrau." Dann verschwand er im Hotel.

Der Kutscher hatte beschlossen, vor den „Vier Jahreszeiten" auf neue Fahrgäste zu warten. Er legte seinem Pferd eine Decke über den Rücken, hängte ihm den Futterbeutel um und zündete sich dann eine Pfeife an. Klara trat auf ihn zu. „Guter Mann, ich hätte eine Frage!" Sie klimperte mit einigen Geldstücken, die sie in der Hand hielt. „Woher sind Sie gerade gekommen?"

Er deutete die Straße hinauf. „Aus der Richtung."

„Wo ist der Herr eingestiegen, den sie hierhergebracht haben?"

Der Kutscher grinste. „Ach, der Herr interessiert Sie." Wie zufällig streckte er die geöffnete Hand aus und Klara ließ die Geldstücke hineinfallen.

„Sie wollen etwas über Walther von Paumeck erfahren?"

Klara erschrak, als sie so plötzlich von hinten angesprochen wurde. Eine leidend aussehende Dame in einem moosgrünen Seidenkleid musterte sie über ihre Knollennase hinweg. „Lassen Sie es sein. Das ist das Einzige, was ich Ihnen in dieser Hinsicht raten kann."

Der hagere Herr, auf dessen Arm sie sich stützte, nickte dazu. Seine Nase ähnelte so stark derjenigen der moosgrünen Dame, dass Klara sofort wusste, dass es sich um ihren Bruder handelte. „Hat dieser Paumeck Sie etwa kompromittiert?" Er musterte Klara abschätzig.

„Ich wollte mich lediglich erkundigen …" Das breite Grinsen des Kutschers machte jeden Versuch Klaras, eine unverfängliche Erklärung für ihre Neugier anzubringen, von vorneherein zunichte.

„Man sollte diesem Paumeck wirklich das Handwerk legen", sagte der Herr wütend und zwirbelte seinen schütteren Schnurrbart. „Und ich bin sicher, das wird bald passieren", brummte er noch, während die Geschwister langsam weitergingen.

„Geben Sie das Geld wieder her", zischte Klara den Kutscher an, der so verblüfft war, dass er ihr die Münzen anstandslos aushändigte.

Gleich nach der Rückkehr in ihr Hotel suchte Klara die Bankiersgattin auf, um von ihren Entdeckungen zu berichten. Sie fand Frau Rotherbruch im Ankleidezimmer, wo sie sich von einem Friseur die Haare aufstecken ließ.

„Wie ich befürchtet habe: Walther von Paumeck macht sich einen Spaß daraus, mit den Hoffnungen unerfahrener Mädchen zu spielen", erklärte Klara mit kaum verborgener Missbilligung. Der Friseur zog sich diskret zurück.

„Dann werde ich Theodora den Umgang mit diesem Herrn verbieten", erklärte Lucille Ottilie hoheitsvoll.

„Das dürfte sinnvoll sein, denn wer weiß, welche Freiheiten er sich sonst noch herausnimmt."

Als die Bankiersgattin mit der Gouvernante am Abend im Salon saß, drehte sich ihr Geplauder wie üblich um den neuesten Klatsch, ihre Stickarbeit und die Gesundheit ihres Sohnes. Mit Theodora hatte sie bisher noch nicht geredet.

„Was denken Sie über Lichtblau?", fragte sie Klara. Damit der Junge weder die Kuranwendungen noch seine Bildung vernachlässigte, hatte der Bankier Rotherbruch für die Zeit, die seine Familie in Bad Ems verbrachte, den Sohn des Rektors von Adalberts Frankfurter Gymnasium als Hauslehrer verpflichtet. „Friedrich Wilhelm hielt es für eine gute Idee, aber ich weiß nicht, ob Rudolf Lichtblau die Art von Autoritätsperson ist, die ihm vorschwebte."

„Bisher scheint es gut zu funktionieren", sagte Klara vorsichtig. Sie hatte zwar mitbekommen, dass Adalbert seinen Lehrer um den Finger wickelte, wo es nur ging, aber der Junge war darin so geschickt, dass es Herrn Lichtblau nicht auffiel.

Lucille schnitt einen der Seidenfäden ab und wählte umständlich eine andere Farbe aus ihrer Garnsammlung.

Vor der Tür des Salons wurden plötzlich Stimmen laut. Theodora und Adalbert, die beide schon längst in ihren Betten liegen sollten, riefen durcheinander und schienen sich in heller Aufregung zu befinden. Klara ging nachschauen.

Ein Hotelpage stand vor der Tür und hielt mit beiden Armen einen schleifengeschmückten Korb fest, in dem ein fuchsfarbenes flauschiges Etwas saß. Klara sah zwei Knopfaugen, spitze Ohren und eine halb geöffnete Schnauze, aus der seitlich eine lange rosige Zunge baumelte. Der kleine Hund machte den Eindruck, als ob er sich prächtig amüsiere.

„Ist der süß!", Theodora hüpfte, als sei sie erst acht Jahre alt. „Wer hat uns den bloß geschickt?"

„Da ist ein Brief dabei", warf Adalbert ein. „Soll ich ihn aufmachen?"

„Gib den Brief deiner Mutter", sagte die Gouvernante. „Erst einmal müssen wir erfahren, was das zu bedeuten hat."

Der Page setzte den Korb auf einen Tisch und ging. Adalbert zog vorsichtig die Schleife auf, mit der das Briefchen am Halsband des Hundes befestigt war. „Wir behalten ihn doch auf jeden Fall?", fragte er, während er hinüber in den Salon lief und den kleinen Umschlag Frau Rotherbruch brachte.

„Aber sicher", sagte Theodora und strich über das dichte Fell des kleinen Tieres.

Die Bankiersgattin öffnete das Schreiben und Klara erhaschte einen Blick auf das Siegel. Inzwischen kannte sie es. Beim Lesen des Briefes konnte Lucille Ottilie ein Lächeln nicht unterdrücken. „Was soll man dazu sagen?" Sie reichte Klara das Blatt.

Das Hündchen wird die Tugend der schönen Prinzessin Theodora bewachen, genauso wirksam, aber anschmiegsamer und charmanter als alle Drachen der Welt.

Klara stieg das Blut in die Wangen. Eine Beleidigung blieb eine Beleidigung, auch wenn man sie romantisch verpackte.

Theodora hatte inzwischen den kleinen Hund auf den Boden des Salons gesetzt. Die beiden Geschwister knieten daneben und streichelten ihn abwechselnd.

„Genau so einen habe ich mir schon immer gewünscht", sagte Theodora.

Ihre Mutter schaute zu Klara. „Vielleicht haben wir Walther doch falsch eingeschätzt."

„Sein Verhalten gegenüber Annemarie zeigt eindeutig, wie verantwortungslos …"

Der kleine Hund rollte sich auf den Rücken und ruderte mit allen vier Pfoten in der Luft herum, Adalbert kraulte ihm den Bauch und Theodora kicherte.

Klara hob die Hände. „Es geht ihm doch nur darum, dass Sie eine gute Meinung …"

„Diese Annemarie weiß offensichtlich nicht, wo ihr Platz ist", unterbrach die Bankiersgattin die Gouvernante. „Aber mit meiner Theodora, das ist doch eine ganz andere Geschichte. Sie ist aus einer guten Familie."

Klara fühlte sich nicht in der Position, mit Lucille Ottilie Rotherbruch, geborene von Birkenbach zu streiten.

„Er hat ihn mir geschenkt", rief Theodora dazwischen, „also darf ich auch bestimmen, dass ich ihn behalte." Sie drückte das Hündchen an sich und funkelte Klara an, so, als ob diese schon Anstalten gemacht hätte, ihr den kleinen Spitz zu entreißen.

„Auf dem Halsband ist sogar sein Name eingestickt", bemerkte Adalbert. „Er heißt Frou frou."

Frau Rotherbruch seufzte. „Dann behalten wir ihn eben." Sie warf Klara einen entschuldigenden Blick zu. „Ich selbst werde dem Herrn von Paumeck einen Brief schreiben, mich in Theodoras Namen bedanken und ihn für morgen zum Nachmittagskaffee einladen. Dann sehen wir weiter." Sie gähnte, schob den Stickrahmen von sich und bat Klara, Papier und Schreibzeug zu holen.

Viel später, nachdem der Brief an den spendablen Herrn geschrieben, mehrfach umformuliert und abgeschickt worden war und Theodora durchgesetzt hatte, dass Frou frou in ihrem Zimmer schlafen durfte, konnte sich Klara endlich zurückziehen.

Sie ließ sich in ihrer winzigen Kammer auf der Bettkante nieder, knöpfte die Stiefel auf und seufzte erleichtert. Auf Strümpfen tappte sie hinüber zu dem angestoßenen Sekretär, der den Weg in das Dienstbotenquartier des „Russischen Hofs" erst gefunden hatte, als er für die Zimmer der Herrschaften zu unansehnlich geworden war. Auf der Schreibunterlage wartete immer noch der ungeöffnete Brief ihrer Mutter.

Klara betrachtete den dicken Umschlag von allen Seiten. Was mochte er enthalten? Frau Söderbaum schrieb ihre Briefe immer noch auf dem eleganten Papier, das sie sich nicht mehr leisten konnte, und verschickte sie normalerweise in den dazu passenden zierlichen Kuverts. Das, was Klara heute in der Hand hielt, dürfte jedoch ein Umschlag sein, der aus dem Kontor ihres Onkels stammte, bei dem Mutter jetzt wohnte. Als sie ihn öffnete, fielen zwei Schreiben heraus: eine Epistel ihrer Mutter – auf dem gewohnten Papier – und ein Umschlag, der einfach ,*an Klara*' adressiert war, in einer Schrift, die ihr bekannt vorkam. Der Brief von Frau Söderbaum erklärte diesen Umstand:

Da du mir streng verboten hast, deine Anschrift weiterzugeben, habe ich den Brief, den dir Charlotte senden will, hier beigelegt.

Klara ließ das Blatt sinken. Charlotte war ihre beste Freundin gewesen. Früher. Inzwischen hatte Lotti geheiratet und gehörte nun zu den geachteten Mitgliedern der Hamburger Damengesellschaft. Nach dem Unglück ihrer Familie wollte Klara den Kontakt einfach einschlafen lassen. Aber Charlotte war hartnäckig. Offenbar hatte sie entschieden, sich nicht noch länger aus dem Leben ihrer Freundin verbannen zu lassen.

Klara nahm den verschlossenen Brief zur Hand und seufzte. Was könnte sie schon zurückschreiben? Sie sah sich im Zimmer um: ein Fenster zum düsteren Innenhof, ein knarrender Dielenboden und ein schmales durchgelegenes Bett.

Klara legte den Umschlag wieder hin. Statt sich in schmerzhaften Erinnerungen zu ergehen, wäre es viel sinnvoller, jetzt das Nachthemd anzuziehen und das schadhafte Korsett zu reparieren. Wenn sich die Naht noch weiter auftrennte, würde sie nur länger dransitzen, um es in Ordnung zu bringen. Eine Neuanschaffung konnte sie sich momentan einfach nicht leisten. Noch etwas, das Charlotte nicht verstehen würde. Sie suchte ihr Nähzeug hervor

Als sie fertig war, kroch sie ins Bett und blies die Kerze aus. Etwas zu lesen verkniff sie sich. So würde die Kerze länger halten. Zwar hatte Frau Rotherbruch nie etwas zu diesem Thema gesagt, aber es war Klara unangenehm, dass jedes einzelne Licht, das sie verbrauchte, auf der Hotelrechnung erschien, die Lucille Ottilie zur Begleichung an ihren Mann weiterschickte.

Der Duft der Mimosen, die sie in einem Keramikbecher auf die Fensterbank gestellt hatte, vermischte sich mit dem Geruch der Müllkübel, der aus dem Hof aufstieg.

4. Kapitel

Du kannst den Hund nicht zur Schneiderin mitnehmen", sagte Klara. „Er hat keine Leine und dass du ihn die ganze Zeit auf dem Arm hältst, das geht nicht."

Frau Rotherbruch stimmte ihr zu. „Immerhin handelt es sich um das Kleid für die Operette im Kursaal. So etwas muss man mit voller Aufmerksamkeit angehen. Wer weiß schon, wen man bei einem solchen Anlass trifft."

Theodora saß auf dem niedrigen Sofa im Salon und warf Frou frou kleine Papierbälle zu, die er aus der Luft schnappte und dann begeistert zerfetzte. „Aber ich kann ihn doch nicht alleine hierlassen!"

Die Bankiersgattin schaute Klara an. „Für den Besuch bei der Schneiderin brauchen wir Sie nicht. Sie gehen eine Hundeleine kaufen – wo immer es so etwas gibt – und nehmen Frou frou mit."

Für Klara bedeutete das praktisch einen freien Vormittag. Sie konnte schnell die kleine Besorgung erledigen und sich dann noch für eine geraume Weile mit einem Buch auf eine Parkbank setzen – oder einfach das schöne Wetter genießen. Trotzdem zögerte sie, da sie von der Schneiderin nicht viel hielt. Die Frau mochte in Paris gelernt haben, wie sie behauptete, aber das bedeutete noch lange nicht, dass sie auch Geschmack und Stilgefühl besaß. Klaras Zweifel mussten sich auf ihrem Gesicht widergespiegelt haben.

„Mein gutes Fräulein Söderbaum, ich bin durchaus in der Lage, ein angemessenes Kleid für meine Tochter auszuwählen", Lucille Ottilie lächelte hintergründig, „und einen passenden Ehemann ebenfalls."

Dazu gab es nichts weiter zu sagen. Die Gouvernante hob Frou frou vom Boden auf und wandte sich zur Tür. Der kleine Hund leckte ihr begeistert einmal quer über das Gesicht und Klara hätte ihn vor Schreck fast fallen lassen.

Der mit goldenen Tressen geschmückte Portier hatte in der Hotelhalle gerade ein älteres Paar verabschiedet und wandte nun sein geübtes Lächeln Klara zu. „Was kann ich für Sie tun?"

Die Gouvernante wusste, dass die Portiers eines guten Hotels ihren Gästen in nahezu jeder Frage mit Rat und Tat zur Seite standen. Sie schilderte ihm das Leinenproblem.

„Wenn es ein größerer Hund wäre, dann würde ich Sie zum Sattler schicken", meinte der Mann nach einem Blick auf Frou frou, „aber da es sich offensichtlich um ein Hündchen handelt, das dekorativen Zwecken dient, möchte ich Ihnen das Geschäft von Herrn Lehmann empfehlen. Dort gibt es auch schöne Damenschuhe und Täschchen aus Leder. Alles in sehr geschmackvollen Farben." Er begleitete Klara bis vor die Tür des Hotels und deutete die Straße entlang. „Der Laden liegt in dieser Richtung. Die Menschenansammlung auf der Promenade beachten Sie am besten gar nicht." Er verzog das Gesicht, als hätte er Zahnschmerzen. „Schlimm genug, dass so etwas hier vorkommt!"

„Was ist denn passiert?"

„Ein Gast der Spielbank, heute Nacht, sehr tragisch, so ein junger Herr", der Portier wurde einsilbig.

„Man hat ihn ausgeraubt?"

„Viel schlimmer ... ermordet!"

Klara war wirklich schockiert. „Dieser Ort scheint doch so friedlich zu sein."

„Allerdings", der Portier nickte nachdrücklich. „Ich arbeite nun schon seit dreißig Jahren in Bad Ems, aber ein Mord an einem Kurgast ist in dieser ganzen Zeit noch nicht vorgekommen. Glücklicherweise wohnte er nicht in unserem Hause, aber ich habe den betreffenden Herrn schon des Öfteren auf der Straße gesehen. Er machte stets so einen glücklichen Eindruck – meist mit einer Zigarre in der Hand und einer Rose im Knopfloch."

Mit Frou frou auf dem Arm ging Klara die Vortreppe des Hotels hinunter und machte sich auf den Weg zum Lehmann'schen Geschäft. Dann blieb sie stehen. Es konnte doch nur ein Zufall sein, dass bei der Beschreibung des unglücklichen Mordopfers sofort das

Bild Walther von Paumecks vor ihrem geistigen Auge entstanden war.

„Blödsinn", sagte sie halblaut zu sich selbst, und als das Hündchen sie erstaunt anschaute, fügte sie hinzu: „Unkraut vergeht nicht."

Nachdem sie bei Herrn Lehmann eine Hundeleine aus feinem Leder erstanden hatte, fragte Klara den Ladenbesitzer mit möglichst gleichgültiger Miene, was denn das für ein Auflauf sei, den man von hier aus sehen konnte.

„Eine traurige Sache, ein Mann wurde heute Nacht erschossen. Auf der Terrasse des Marmorsaales." Lehmann wickelte die Leine auf und steckte sie in eine bedruckte Papiertüte. „Das Eigenartige dabei ist, dass ich gar keinen Schuss gehört habe und meine Frau auch nicht, obwohl wir hier über dem Laden wohnen und beide einen sehr leichten Schlaf haben." Er reichte der Gouvernante die Tüte mit einer Verbeugung.

„Weiß man denn, wer das Opfer ist?"

Der Ladenbesitzer zuckte mit den Schultern und hielt Klara die Tür auf. „Es wird wohl ein Kurgast gewesen sein."

Auf der Promenade schüttelte Klara die neue Leine wieder aus der Tüte und hakte sie in Frou frous Halsband ein. Der kleine Hund schien zwar auf den ersten Blick hauptsächlich aus plusterigem Pelz zu bestehen, aber ihn länger herumzutragen war doch ermüdend. Frou frou wirkte ebenfalls glücklich darüber, wieder auf seinen eigenen vier Beinchen zu laufen, denn das ermöglichte ihm, überall dort, wo es ihm gefiel, stehen zu bleiben und ausgiebig Bäume und Laternenpfähle zu beschnüffeln. Klara ließ ihn gewähren. Im Zickzack näherten sie sich dem großen neuen Kursaal, in dem die wohlhabenden Gäste sich zu Bällen und Konzerten trafen und in dem auch der berühmt-berüchtigte Roulettetisch der Emser Spielbank stand. Vor dem Gebäude hatte sich eine Menschenmenge versammelt.

„Vielleicht war es ein Spieler, der Schulden hatte", sagte ein dicker Mann zu einem dünnen.

Eine Blumenverkäuferin kreischte: „Ein Verbrechen aus Leidenschaft!"

Ihre Kollegin widersprach: „Ich glaube eher, man wollte an sein Geld."

Ein Ladenjunge, der sich durch die schweren Pakete, die er schleppte, nicht davon hatte abhalten lassen, den Ort des Verbrechens zu besichtigen, meinte: „Das waren Anarchisten, die bringen dauernd Leute um."

„Quatsch", sagte ein anderer Junge, „die gibt's nur in Russland."

Am Geländer der Uferpromenade lehnte ein Bootsvermieter, der sich entschlossen hatte, hier auf Kunden zu warten und gleichzeitig den neuesten Gerüchten zu lauschen. Er stützte sich auf ein Paddel und kaute an einem Strohhalm.

„Was hat das alles zu bedeuten?", fragte Klara ihn.

Der Mann nickte zum Kursaalgebäude hinüber. „Auf der hinteren Terrasse ist heute Nacht jemand erschossen worden. Man sagt, eine Roulettekugel hätte ihn im Herzen getroffen."

Klara runzelte die Stirn. „Wie soll das denn zugegangen sein?"

Der Bootsverleiher hob die Schultern. „Ich habe es von einem Herrn gehört, der es direkt von dem Arzt hatte, der den Toten untersuchte."

„Ein Unfall beim Spiel?"

Der Mann drehte den Kopf und spuckte den Strohhalm über das Geländer. „Glaube ich nicht. Ich habe zwar mal gehört, dass eine Roulettekugel, die vom Tisch gesprungen ist, einem vornehmen Herrn die Brille zertrümmert hat, aber für mehr reicht die Kraft, die dahintersitzt, sicher nicht." Er schob seine zerdrückte Mütze in den Nacken und hielt das Gesicht in die Sonne. Offensichtlich bereitete es ihm keine Probleme, mit Ungereimtheiten zu leben.

Ein Mann im karierten Anzug, der danebenstand und eine Angelrute in den Fluss hielt, wandte den Kopf. „Eine Roulettekugel besteht aus Elfenbein", dozierte er, „die kann man nicht so einfach in einer Pistole verschießen. Sie würde die Hitze durch das Schießpulver gar nicht aushalten."

„Dann wurde sie eben mit etwas anderem abgeschossen", brummte der Bootsvermieter. „Hat ja auch niemand einen Schuss gehört. Vielleicht benutzte der Mörder eine Schleuder."

„Dummkopf", der Angler kurbelte an seiner Schnur herum.

Frou frou zog an der Leine, er wollte weiter. Nach einigen Schritten hielt Klara wieder an. Auf einer Bank lagen sich zwei einfach gekleidete junge Frauen in den Armen. Eine schluchzte und die andere streichelte ihr über den Rücken und versuchte, sie zu beruhigen. Die weinende Frau hatte Klara schon einmal gesehen, da war sie sich sicher. Sie trat näher. „Kann ich Ihnen helfen?"

Als die Frau ihr das verheulte Gesicht zuwandte, erkannte Klara die Kellnerin aus dem Kaffeehaus, in dem Walther gestern zu Gast gewesen war.

„Vielen Dank für Ihre Erkundigung, gnädige Frau", sagte die andere, „aber ich fürchte, da kann man gar nichts machen. Hanna hat gerade erfahren, dass der Mann, den sie hier erschossen haben, einer war, den sie von der Arbeit kannte – er hat ihr immer gute Trinkgelder gegeben."

Hanna schnäuzte sich in ein nicht ganz sauberes Taschentuch und musterte Klara. „Ich erinnere mich an Ihr Gesicht. Sie waren gestern auch in dem Kaffeehaus, vielleicht kennen Sie den Mann."

„Wer ist es denn?", fragte Klara und bemühte sich um einen gleichgültigen Gesichtsausdruck.

„Ich glaube, Paumeck hieß er", schniefte die junge Frau.

Nach einer gestammelten Verabschiedung ließ Klara sich von Frou frou weiterziehen. Sie fühlte sich wie betäubt. Als sie eine etwas abseits gelegene Bank fand, ließ sie sich niedersinken und verbarg das Gesicht in den Händen. Sie kannte den Herrn kaum, hatte ihn zu

Lebzeiten nicht leiden können, und trotzdem war sie schockiert über seinen Tod. Wie sollte sie diese Nachricht Theodora beibringen?

„Darf ich mich setzen?" Ein Mann deutete auf das andere Ende der Bank. Die Gouvernante nickte und richtete sich auf. Sie durfte sich in der Öffentlichkeit nicht so gehen lassen. Das konnten Serviermädchen machen, aber für eine Dame war solch ein Verhalten indiskutabel.

Der fremde Herr nahm seinen Zylinder ab und verbeugte sich, bevor er Platz nahm. „Gestatten, Moorheim. Hans Dante Moorheim."

„Sie brauchen sich nicht vorzustellen", meinte Klara. „Dies ist eine Parkbank und nicht das Sofa in einem Salon."

„Das ist mir nicht entgangen." Moorheim legte seinen Zylinder auf dem Knie ab. „Ich habe mich vorgestellt, weil ich gleich eine indiskrete Frage an Sie richten werde. Da sollten Sie wenigstens wissen, mit wem Sie es zu tun haben."

Klara fasste den Herrn genauer ins Auge. Wenn man von den Haaren, die ebenso wie der Bart feuerrot und etwas wirr waren, absah, machte er einen durchaus respektablen Eindruck. Der schwere Stoff seines Anzugs musste teuer gewesen sein und an der linken Hand trug er einen dicken goldenen Siegelring. Er erschien ihr auf den ersten Blick weder betrunken noch verrückt. Aber dennoch. Sie hatte in den letzten Monaten die Erfahrung machen müssen, dass eine alleinstehende Frau, die nicht durch ihren gesellschaftlichen Rang oder familiären Einfluss geschützt war, sehr schnell zum Ziel von Zudringlichkeiten wurde.

Der fremde Herr musterte Klara ebenfalls mit Interesse. „Ich würde gerne wissen, in welcher Beziehung Sie zu dem Opfer des Mordes stehen."

Diese Frage war wahrhaftig indiskret und unangemessen dazu. Klara versteifte sich.

Frou frou beschnüffelte die Schuhe des Herrn interessiert und dieser schob den kleinen Hund vorsichtig beiseite. „Verstehen Sie mich bitte nicht falsch, ich unterstelle Ihnen nichts, aber es wäre für mich sehr wichtig, eine Antwort zu erhalten."

Dieser Herr Moorheim verhielt sich nicht nur unangemessen, er war auch impertinent, befand Klara. Sie hatte ihm doch durch ihr Verhalten deutlich genug zu verstehen gegeben, dass sie über dieses Thema nicht reden wollte. Sie stand auf.

Der Mann erhob sich ebenfalls. Er war nicht größer als sie, aber kräftig gebaut. „Bitte bleiben Sie. Ich wollte Sie nicht in Verlegenheit bringen."

Er verbeugte sich abermals. „Ich habe Ihnen diese Frage nicht aus müßiger Neugier gestellt. Ich verfolgte, wie Sie mit den Leuten über den Toten redeten, und ich sehe auch, dass Sie das, was Sie erfahren haben, aufgeregt hat. Also schließe ich daraus, dass Sie ein persönliches Interesse an Walther von Paumeck haben."

Klara nahm sich zusammen und nickte. „Es mag durchaus sein, dass Ihre Absichten ehrenwert sind, mein Herr, aber ich kann Ihre Fragen nicht beantworten, da ich damit nicht nur mich kompromittieren würde." Sie ließ ihn einfach stehen.

Frou frou durfte den Weg bestimmen. Der kleine Hund überquerte die Promenade und schnüffelte ausgiebig am Stamm einer Weide, die ihre Äste über das Wasser der Lahn streckte. Klara stützte sich auf das Geländer und versuchte zu verdauen, was sie gerade erfahren hatte.

Stimmen, die vom Fluss heraufdrangen, störten sie dabei. Sie sah hinunter. Auf dem kiesbedeckten Uferstreifen lag ein Boot. Im Schatten daneben saß ein barfüßiger Mann und flickte ein Fischernetz. Ein abgerissen aussehender Junge stand bei ihm. Der leichte Wind trug den Geruch nach Eselsdung, den der Junge ausdünstete, bis zu Klara. „Einen Groschen kannst du schon dafür rausrücken. Das ist eine wirklich gute Pfeife."

„Wenn du sie aus deinem Misthaufen ausgegraben hast, dann behalt sie", der Fischer verknotete ein Stück Garn.

„Natürlich nicht, die lag ganz allein auf einem Stein am Ufer unterhalb der Eselsställe." Der Junge deutete zur anderen Seite des Flusses. „Die hat jemand vergessen, der dort spazieren gegangen ist."

„Oder er hat sie weggeworfen, weil sie alt und kaputt ist."

Der Junge seufzte laut. „Die ist völlig in Ordnung, du kannst sie ausprobieren."

„Ich glaube es dir ja." Klara hörte den Mann leise lachen. „Nimmst du auch zwei Fische statt des Geldes?

Deine Mutter freut sich sicher, wenn sie was Gutes in die Pfanne bekommt."

Klara ging weiter.

Als sie in den Rotherbruch'schen Salon zurückkehrte, waren Lucille Ottilie und ihre Tochter bereits zurück von ihrem Besuch bei der Schneiderin. Frou frou rannte auf Theodora zu, die den Hund hochhob, an sich drückte und sich über die neue Leine freute. „Jetzt können wir dich endlich zum Spazierengehen mitnehmen."

Die Bankiersgattin fragte Klara beunruhigt: „Wie wird es der Herr von Paumeck wohl auffassen, wenn er Theodora auf der Promenade mit dem Hündchen sieht, das er ihr geschickt hat? Wird er daraus nicht voreilige Schlüsse ziehen?"

Klara räusperte sich. „Dazu dürfte er nicht mehr in der Lage sein."

„Wie meinen Sie das?"

„Bitte, wir sollten nicht in Theodoras Gegenwart ..." Klaras Stimme klang so fremd, dass Theodora, die sich zu Frou frou auf den Fußboden gekniet hatte, alarmiert aufblickte. „Was ist mit Walther?"

„Sie sehen aus, als würden Sie jeden Moment umkippen." Frau Rotherbruch drückte Klara mit sanfter Gewalt auf einen Stuhl. „Theodora, versuche, ein Glas Wasser oder einen Cognac aufzutreiben." Ihre Stimme klang so entschieden, dass ihre Tochter ohne Widerrede das Zimmer verließ.

„Er ist tot." Klara wusste einfach nicht, wie sie Lucille Ottilie diesen Umstand schonend beibringen sollte. „Er wurde letzte Nacht ermordet."

Die Bankiersgattin ließ sich kraftlos auf den Stuhl neben Klara sinken. Die Gouvernante erzählte ihr, was sie über die Tat erfahren hatte.

Ein Klirren an der Tür schreckte sie auf. Theodora war mit Wasser und einer Flasche zurückgekehrt und hatte genug gehört, um Bescheid zu wissen. Sie starrte die beiden Frauen mit unnatürlich aufgerissenen Augen an.

5. Kapitel

Am nächsten Morgen weigerte sich Theodora, das Bett zu verlassen. Als Klara das Zimmer betrat, um nach dem Rechten zu sehen, zog sich das Mädchen die Decke über den Kopf. „Gehen Sie fort und sagen Sie allen anderen, dass sie mich in Ruhe lassen sollen."

Klara setzte sich auf die Bettkante. „Wir machen uns Sorgen um dich."

Abgesehen von einem leisen Schluchzen unter der Decke war nichts zu hören. Die Gouvernante tätschelte die Stelle, wo sie Theodoras Schulter vermutete. „Soll ich deine Mutter holen?"

„Das können Sie sich sparen", die Decke wurde zurückgeschoben und Theodoras wirres Haar tauchte auf. „Die versteht mich sowieso nicht."

Das Mädchen sah aus, als hätte es die ganze Nacht lang geweint. Ging ihr Walthers Tod wirklich so nahe? Sie kannte ihn doch kaum. „Wenn du mir erzählst, was dich belastet, dann verspreche ich, dass ich versuchen werde, dich zu verstehen."

Theodora schniefte und setzte sich im Bett auf. „Er ist tot, also kann er mich nicht mehr heiraten."

„Wir wissen nicht, ob er das getan hätte, wenn er noch am Leben wäre", sagte Klara so sanft wie möglich.

Theodora schluchzte wieder. „Aber er war meine letzte Chance."

„Es werden sich sicherlich noch viele Männer für dich interessieren, gutaussehende, reiche ..."

Das Mädchen schüttelte wild mit dem Kopf. „Es gibt ja bereits einen. Und Papa hätte es sehr gern, wenn ich den nehmen würde."

Durch behutsames Nachfragen erfuhr Klara schließlich die ganze Geschichte. Theodoras Hand war schon so gut wie versprochen. Ein Geschäftsfreund des Bankiers Rotherbruch hatte seit Jahren ein Auge auf das Mädchen geworfen und kurz vor der Abreise nach Bad Ems mit dem Vater geredet.

„Ich mag Onkel Anton ja auch", schluchzte Theodora, „aber doch nicht so."

Der einzige Weg, den sie sah, um diese Heirat noch abzuwenden, war, in Bad Ems einen Bräutigam zu finden, der, was Wohlhabenheit und Familie betraf, Onkel Anton ausstechen konnte. „Und jetzt ist alles vorbei."

Klara wusste nicht, was sie sagen sollte. Sie nahm Theodora einfach in die Arme und ließ sie sich ausweinen. Es war das Recht der Eltern, den künftigen Ehemann für die Tochter auszusuchen, und die Gouvernante war überzeugt davon, dass sie ihre Entscheidung nicht leichtfertig getroffen hatten. Sicherlich hatten sie Pläne für Theodoras Zukunft, die sie nicht so einfach infrage stellen durfte. Dennoch, wenn sie an der Stelle des Mädchens wäre … Klara war jung genug, um zu wissen, dass sie auch nicht anders reagiert hätte.

„Hast du deiner Mutter gesagt, wie du darüber denkst?", fragte sie, als Theodoras Schluchzer langsam verebbten. An ihrer Schulter spürte sie ein Nicken.

„Sie sagt, dass ich einfach Zeit bräuchte, um mich an den Gedanken zu gewöhnen, und dass es gar nicht so schlimm wäre, weil ich doch weiterhin in Frankfurt wohnen würde und sie jederzeit besuchen könnte."

„Dann sagst du ihr einfach, dass du mehr Zeit brauchst, und siehst dich weiterhin um. Du bist doch noch so jung."

„Aber die Hochzeit soll schon diesen Herbst sein", presste Theodora mit erstickter Stimme hervor.

„Ich werde mit deiner Mutter reden", versprach Klara, „vielleicht finden wir eine Lösung." Sie hatte wenig Hoffnung, aber das Mädchen tat ihr leid. Auch wenn sie inzwischen wusste, dass es trübere Zukunftsaussichten gab als die Heirat mit einem wohlhabenden Mann.

Als sie ging, traf sie die Bankiersgattin vor der Zimmertür. „Soll ich einen Arzt rufen lassen?"

Klara schüttelte mit dem Kopf. „Die Nachricht von Paumecks Ermordung hat sie zwar getroffen, aber das eigentliche Problem liegt woanders."

Frau Rotherbruch ging voraus in den Salon.

„Ist es mit der geplanten Hochzeit denn gar so eilig?"
fragte Klara, als sie beide auf dem Sofa Platz genommen hatten.

Lucille Ottilie hob die schmalen Schultern. „Friedrich Wilhelm hat das so bestimmt, und es ist ein hervorragendes Arrangement. Theodora wäre dann wirklich gut versorgt, denn Anton Heinemann gehört zu den reichsten Bürgern Frankfurts." Sie erlaubte sich, einen kleinen Seufzer hinterherzuschicken und Klara erkannte plötzlich ihre Chance.

„Aber er ist kein Adliger."

„Man kann nicht alles haben", sagte Lucille Ottilie Rotherbruch, geborene von Birkenbach.

„Theodora ist so jung. In den nächsten Jahren blüht ihre Schönheit mit Sicherheit noch weiter auf. Dann wird sie eine der begehrenswertesten Partien weit und breit sein."

„Glauben Sie?", die Bankiersgattin musterte Klara mit neu erwachtem Interesse. „Dann könnte es wirklich noch zu früh sein, sie jetzt zu verheiraten, wenn wir ihr dadurch die Chance auf einen Baron oder sogar einen Grafen verbauen."

Klara erkannte, dass sie schon halb gewonnen hatte. Jetzt nur nicht zu engagiert wirken, ermahnte sie sich. „Das ist natürlich nur meine Meinung", sagte sie langsam. „Ich weiß nicht, was Herr Rotherbruch mit Herrn Heinemann abgesprochen hat."

Lucille richtete sich auf. „Die Sache dürfte weniger endgültig sein, als sie aussieht."

„Sagen Sie Theodora das! Ich bin sicher, dann wird sie sich schnell erholen und ihre Heiterkeit wiedergewinnnen."

Die Bankiersgattin erhob sich. „Da haben Sie recht. Und wenn sie ein fröhliches Gesicht macht, dann sind die Chancen auch gleich viel größer, dass ihr die Herzen zufliegen." Sie zwinkerte Klara zu und verließ das Zimmer.

Die Gouvernante seufzte erleichtert und stützte den Kopf in die Hände. Sie fühlte sich müde und ausgelaugt. Theodoras Verzweiflung hatte ihr wieder einmal ihre eigene Situation vor Augen geführt. Auch sie müsste sich eines nicht allzu fernen Tages verheiraten. Die Alternative hieße Gouvernante bleiben oder sich als Haushälterin bis an ihr dürftiges Ende durchschlagen.

Die Tür des Salons öffnete sich und Theodora trat ein. Sie trug einen Morgenrock und sah hohläugig aus, aber sie wirkte schon wieder etwas zuversichtlicher.

Klara schob ihre eigenen Sorgen beiseite. „Schön, dass es dir besser geht."

„Danke", Theodora setzte sich neben sie und lächelte sie schüchtern an. „Es ist dumm von mir, aber ich muss trotzdem immer daran denken, warum Walther von Paumeck ermordet wurde."

Das war überhaupt nicht dumm, dachte Klara, ihr ging es genauso. Diese Sache mit der Roulettekugel war schon sehr eigenartig. „Du solltest dich nicht damit belasten. Die Polizei wird das schon herausfinden."

„Ob es eine Frauengeschichte war? Möglicherweise hatte er jemanden erzählt, dass er um mich werben wollte", Theodora fasste nach Klaras Hand, „vielleicht gab es eine Dame die ältere Rechte hatte ..."

Möglicherweise gab es auch einen Mann, der plötzlich einen Korb bekam, weil Walther auftauchte, überlegte Klara. Sie dachte an Annemarie und Johannes. Ihr fiel auch wieder die Reaktion des Angestellten in dem Tabakladen ein. Der Bruder der moosgrünen Dame hatte davon gesprochen, dass etwas geschehen würde. So wie sie Walther einschätzte, existierten hier in Bad Ems mit Sicherheit noch mehr Männer, die er sich zu Feinden gemacht hatte.

Theodora hatte Klara nicht aus den Augen gelassen. „Sie denken auch darüber nach. Womöglich bin ich doch in die Sache verwickelt." Ihre Stimme wurde ganz kindlich, als ihr plötzlich klar wurde, dass der kleinste Hauch eines Skandals, der an ihrem Namen haftete, endgültig alle Hoffnungen auf einen wohlhabenden, adligen und gutaussehenden Bräutigam zerstören könnte.

„Dora, das ist sehr unwahrscheinlich." Vollständig ignorieren konnte allerdings auch Klara diese Möglichkeit nicht. „Vielleicht sollte ich mich unauffällig umhören, ob dein Name irgendwo genannt wurde."

„Aber sagen Sie Mutter nichts davon", Theodora blickte ihre Gouvernante angstvoll an. „Womöglich will sie dann kein Risiko eingehen und besteht darauf, mich baldmöglichst zu verheiraten."

Eigentlich war es Klara nicht recht, Geheimnisse vor ihrer Arbeitgeberin zu haben, aber nun hatte sie schon einmal damit begonnen, Theodora zu helfen, jetzt konnte sie nicht schon wieder alles zerstören. Sie stand auf. „Ich werde sehen, was ich tun kann."

Eine Stunde später wanderte sie mit Frou frou, der sich über den Spaziergang freute, durch den sonnigen, tauglitzernden Vormittag Richtung Dorf Ems.

Annemaries Mutter war diesmal im Vorgarten des Hauses zugange und band die Rosen auf, die sich um die Tür rankten. Klara blieb stehen und machte ihr ein Kompliment über die Blumen. Frau Koeber bedankte sich strahlend, doch dann legte sich ein Schatten über ihr Gesicht. „Ich denke gerade darüber nach, sie einfach abzuschneiden. Ein Mann, der bei meiner Tochter ganz unvernünftige Hoffnungen geweckt hatte, trug stets eine Rose im Knopfloch. Jetzt ist er tot und ich muss immer daran denken, wenn ich die Blüten sehe."

„Oh nein!", rief Klara aus, „es handelt sich doch nicht etwa um diesen unglücklichen Menschen, der am Kursaal erschossen wurde?"

„Leider doch", sagte Frau Koeber, „seit Annemarie davon erfahren hat, liegt sie nur noch in ihrem Bett und will ebenfalls sterben. Dabei sollte sie besser versuchen, bei Johannes gut Wetter zu machen."

„Johannes?" Klara runzelte die Stirn, als hätte sie diesen Namen noch nie gehört.

„Ihr Verlobter", sagte Frau Koeber, „er arbeitet in der hiesigen Apotheke und sie hat ihn in ihrer

Schwärmerei für den Herrn von Paumeck leider sehr vernachlässigt. Aber ich bin sicher, wenn sich das Mädchen etwas anstrengt, dann könnte sie das wieder geradebiegen."

„Das würde mich freuen", sagte Klara aufrichtig.

„Ja, es würde uns alle glücklich machen!" Frau Koeber trat näher zu Klara an den Gartenzaun heran. „Ich habe diesem Herrn von Paumeck nie getraut. Ein Bekannter, der für die Spielbank arbeitet, erzählte mir einmal, dass der Herr sehr große Summen verloren hat, außerdem verkehrte er in zwielichtiger Gesellschaft."

„Nein, so etwas!"

Frau Koeber weidete sich an Klaras Erstaunen. „Man sagt, er hätte hohe Schulden bei einem Baron von Hinderlingen. Wer weiß, wie die jetzt beglichen werden."

„Dann kann Annemarie ja im Grunde froh sein, dass sie ohne Skandal von diesem Herrn von Paumeck losgekommen ist."

„Es wird wohl noch ein paar Monate dauern, bis sie das so sieht", seufzte Frau Koeber.

Klara wünschte der Arztfrau alles Gute. „Man munkelt ja, dass Paumeck versuchte, sich nebenher eine reiche Braut zu angeln", sagte sie beiläufig, als sie sich zum Gehen wandte.

Frau Koeber war einen Moment lang ehrlich überrascht. „Das ist mir neu, aber ich muss leider sagen, dass es mich im Grunde nicht wundert. Für Annemarie wird es hart sein, aber vielleicht ist es ein heilsamer Schock."

Klara beschloss, Annemaries Verlobten unter die Lupe zu nehmen. Sie wollte herausfinden, ob ihm ein Mord aus Eifersucht zuzutrauen war.

Die Apotheke lag an der glanzvollen Römerstraße, sodass es die wohlhabenden Kurgäste von ihren Hotels aus nicht weit hatten, wenn sie Arzneien für jene Leiden benötigten, die das Emser Wasser nicht kurieren konnte.

Klara nahm Frou frou auf den Arm und betrat das Geschäft. Einige Damen und Herren warteten hier bereits auf ihre Medikamente. Klara stellte sich ans Ende der Schlange und musterte die drei Männer, die hinter dem Tresen emsig Salben mischten, Kräuter zerkleinerten oder fertig abgefüllte Fläschchen verkauften. Der eine Apotheker war schon fast ein Greis, bei ihm handelte es sich sicher nicht um Annemaries Verlobten. Bei den beiden anderen war es schwieriger. Der eine stand im mittleren Alter, sein Kollege schien noch etwas jünger zu sein.

„Sie wünschen?"

Die Gouvernante hatte so intensiv nachgedacht, dass sie gar nicht bemerkte, wie die Kunden vor ihr bedient wurden und den Laden verließen. Jetzt stand sie allein vor dem Tresen und wurde aufmerksam vom zweitältesten Apotheker gemustert.

Klara sah sich hilfesuchend um. Der Greis hatte sich in die hinteren Räume des Ladens zurückgezogen und der jüngste der Pharmazeuten arbeitete am Labortisch. An der einzigen Wand des Raumes, an der sich keine Regale befanden, hing ein Kupferstich. Allerdings bescherten Klara die abgebildeten Atemorgane keinerlei Erleuchtung, wie sie hier vorgehen sollte.

„Ich benötige etwas für den ...", sie räusperte sich, um Zeit zu gewinnen, und dachte an das Bild, „... Hals. Ich werde schnell heiser. Vielleicht ist es auch die Luftröhre oder die Lunge", fügte sie hinzu in der Hoffnung, dass der Fall dadurch nicht ganz so trivial wirkte.

Der Apotheker runzelte die Stirn. „Vielleicht sollten Sie zunächst einen Arzt aufsuchen. Mit einer Lungengeschichte ist nicht zu spaßen. Hier in Ems gibt es namhafte Spezialisten für Atemwegserkrankungen." Klara nickte mit ernster Miene. In diesem Augenblick kam der Greis mit einem eng beschriebenen Blatt Papier aus dem Hinterzimmer. „Karl, was ist mit dieser Bestellung?"

„Bitte entschuldigen Sie mich, mein Kollege wird Sie weiterberaten." Der Mann ging gemeinsam mit dem Alten nach hinten. Demnach musste Johannes derjenige sein, der nun seine Chemikalien verließ und zu ihr kam. Klara räusperte sich erneut.

„Ja, ich habe es schon gehört, ein Atemwegsproblem." Der junge Mann war weit weniger höflich und verbindlich. „Treten die Beschwerden auf, wenn Sie sich anstrengen oder bei Aufregung? Tut Ihnen etwas weh? Haben Sie nachts Probleme, Luft zu bekommen?"

„Nein, nichts von alledem, ich werde nur schnell heiser." Klara fiel einfach nicht ein, wie sie das Gespräch auf den toten Walther von Paumeck lenken könnte.

„Das ist wirklich schrecklich, wenn einem so die Stimme wegbleibt", fügte sie hinzu. Der Apotheker musterte sie ohne großes Interesse. „Sind Sie Sängerin? Schauspielerin?"

„Nein, natürlich nicht. Ich bin Gouvernante und muss meine Schützlinge unterrichten. Da muss man pausenlos …"

„Schon gut", unterbrach er sie, „ich finde, Sie sollten es erst einmal mit Salbeitee versuchen und zusätzlich gebe ich Ihnen noch diese Halspastillen." Er stellte die Päckchen auf den Ladentisch. „Soll ich sie Ihnen ins Hotel bringen lassen oder nehmen Sie sie gleich mit?"

Klara musste das Gespräch unbedingt in die Länge ziehen. „Es wäre mir lieber, wenn Sie mir die Sachen liefern. Wissen Sie, auf der Promenade ist immer so ein Gedränge, besonders jetzt, wo man doch gestern diesen Toten gefunden hat. Das ist das Hauptgesprächsthema. Überall stehen die Leute im Wege und reden über nichts anderes – das ist so erschreckend."

„Dann nennen Sie mir bitte Ihren Namen und den Ihres Hotels." Johannes schien nicht gewillt zu sein, mit Klara zu plaudern.

„Unser Hotel liegt auch noch ganz in der Nähe des Kursaals, wo dieser unglückliche Mensch erschossen wurde. Angeblich mit einer Roulettekugel – das ist doch eine eigenartige Sache. Dabei habe ich nichts mitbekommen in dieser Nacht, obwohl ich schlecht schlafe. Und einen Schuss kann man doch nicht einfach so überhören."

Ausdruckslos schaute Johannes sie an. „Möchten Sie vielleicht auch etwas gegen Schlafstörungen?"

Klara lachte nervös. „Ach nein – oder vielleicht doch? Ich weiß es nicht, einerseits wäre es schön, einmal eine Nacht durchzuschlafen, aber andererseits habe ich Angst vor Einbrechern und wenn ich mir vorstelle, da käme jemand in mein Zimmer und ich würde es nicht bemerken. Immerhin läuft da draußen noch ein Mörder frei herum!"

„Sie können jederzeit wieder vorbeikommen, wenn Sie entschieden haben, dass Sie ein Schlafmittel möchten." Der Mann wartete immer noch mit der Schreibfeder in der Hand darauf, dass sie ihm Name und Adresse mitteilte.

„Ja, so werde ich es machen. Wenn es mit meinen Schlafproblemen schlimmer wird, dann werde ich Sie wieder aufsuchen. Vielleicht wird ja auch dieser schreckliche Mörder bald gefasst, dann sind wir alle beruhigt." Klara nannte ihm den Namen ihres Hotels und ihren eigenen und der Apotheker schrieb den Zettel für den Lieferjungen. „Dann wohnen Sie im gleichen Hotel wie dieser Baron von Hinderlingen", sagte er mehr zu sich selbst. „Da scheint es in dieser Saison ja ein ganzes Nest von zweifelhaften Zeitgenossen zu geben."

„Was soll das denn heißen?", fragte Klara mit empörter Stimme, „und wer ist der Baron von Hinderlingen?"

Johannes verzog das Gesicht zu einem schiefen Lächeln. „Entschuldigen Sie bitte. Ich sollte meine häuslichen Probleme nicht mit in die Apotheke bringen." Er packte den Tee mit den Pastillen in eine Schachtel und legte den Lieferzettel dazu. „Jetzt hätten wir alles."

Die Glocke an der Tür erklang, ein neuer Kunde betrat den Laden. Klara blieb nur zu gehen.

Während sie die wenigen Meter zum „Russischen Hof" zurücklegte, dachte sie über das nach, was sie bisher erfahren hatte. Dass Johannes etwas mit Walther von Paumecks Tod zu tun hatte, konnte sie sich nicht vorstellen. Im Laufe der Unterhaltung mit Annemaries Mutter hatte sich jedoch eine weitere Möglichkeit aufgetan: Was hatte es mit diesem mysteriösen Baron von Hinderlingen auf sich? Frau Koeber hielt ihn für einen zwielichtigen Menschen und der Apotheker fand ihn ebenfalls suspekt. Sie sollte ihn sich ansehen.

6. Kapitel

Bis Klara im Hotel ankam, hatte sie sich überlegt, wie sie etwas Genaueres über den Baron von Hinderlingen herausfinden könnte. Gleich beim Betreten der Halle suchten ihre Augen nach dem grauhaarigen Portier. Er war auf seinem Posten und gerade damit beschäftigt, eine russische Familie – in durchaus gutem Französisch, wie ihr auffiel – über lohnende Ausflugsziele in der Umgebung zu informieren.

Nachdem er den Russen einen schönen Tag gewünscht hatte, wandte sich der Mann um. „Aha, Fräulein Söderbaum", sein Blick fiel auf das Hündchen, „wie ich sehe, haben Sie meinen Rat befolgt."

„Ich glaube, Sie könnten mir auch in einer etwas delikateren Sache weiterhelfen", begann Klara. Seine Augen blitzten neugierig auf, aber sein Gesichtsausdruck blieb unbewegt. „Dieses Hotel gilt als diskret, weil seine Angestellten verschwiegen sind."

„Ich habe einen jüngeren Bruder, der als Privatsekretär tätig ist", flunkerte Klara. „Er ist zwar momentan in einer sehr guten Stellung, aber aus verschiedenen Gründen möchte er sich verändern. Nun ist ihm zu Ohren gekommen, dass ein gewisser Herr einen vertrauenswürdigen Sekretär sucht."

„Und dieser Herr befindet sich unter unseren Gästen?"

Klara nickte eifrig. „Deshalb möchte ich einmal einen Blick auf diesen Herrn werfen."

Der Portier lächelte. „Ja, ja, die weibliche Neugier."

„Es geht immerhin um meinen einzigen Bruder, unsere Eltern sind schon seit Jahren tot und daher fühle ich mich verantwortlich für ihn."

Als sie den Namen des Barons von Hinderlingen nannte, sah der Portier Klara nachdenklich an. „Ich möchte mich ja nicht einmischen, aber an Ihrer Stelle würde ich meinen Bruder bitten, sich diese Sache noch einmal gut zu überlegen."

„Ist der Herr etwa nicht seriös?"

„Es liegt mir fern, Urteile über unsere Gäste abzugeben", er zupfte an seinem wohlgepflegten Kinnbart, „Tatsache ist aber, dass der betreffende Herr nicht zum ersten Mal hier ist und dass er noch nie einen Angestellten mitgebracht hat. Also glaube ich nicht, dass prinzipiell Bedarf an einem solchen besteht. Und außerdem ..."

„Was?", drängte Klara.

„Es wird so allerlei geredet, aber das bringt es wohl mit sich, wenn man hier keine Kur macht, sondern hauptsächlich spielt – wohlgemerkt um höhere Summen als allgemein üblich. Und wenn man andere Herren dazu verleitet, es einem gleichzutun, indem man ihnen die benötigten Geldsummen vorschießt."

„Das ist doch nicht verboten."

„Nein, natürlich nicht, sonst würde dieser Herr nicht mehr in unserem Hause wohnen, aber es ist auch nicht – ehrenhaft."

Beide schwiegen. Wenn Klaras Bruder tatsächlich Privatsekretär wäre, statt auf einem Handelsschiff irgendwo in Asien herumzusegeln, dann hätte sie ihm jetzt ganz entschieden von einer Stelle beim Baron von Hinderlingen abgeraten.

„Da ist er übrigens!" Der Portier wies Klara auf einen rundlichen Herrn hin, der gerade die breite Treppe vom ersten Stock herunterkam. Im schummrigen Licht, das in der Hotelhalle herrschte, sah Klara nur Umrisse. Dennoch, etwas an Gang und Haltung des Mannes kam ihr bekannt vor und plötzlich fröstelte sie.

Der Portier wurde inzwischen von anderen Gästen in Beschlag genommen und Klara nutzte die Ablenkung, um kurz nach dem Baron die Hotelhalle zu verlassen. Ein Page öffnete ihr die schwere Glastür und dann stand sie wieder draußen im Sonnenschein. Frou frou setzte sich und kratzte sich mit der Hinterpfote am Ohr. Er war verwirrt. Sie waren doch gerade erst spazieren gegangen.

Klara sah sich um. Der Baron schien guter Dinge zu sein. Er setzte den Zylinder auf, wirbelte seinen Spazierstock mit dem auffälligen silbernen Knauf einmal herum und stolzierte ohne Eile geradeaus. Klara zog an der Leine, damit Frou frou mitkam, und folgte ihm. Er überquerte die Promenade und lehnte sich an das Geländer der Ufermauer. Klara setzte sich auf eine Bank, von der aus sie ihn im Auge behalten konnte. Der Baron von Hinderlingen stand eine ganze Weile nur da und schien den warmen Sonnenschein zu genießen. Schließlich zog er eine goldene Uhr aus der Westentasche und warf einen Blick darauf. Während er sie wieder in die Tasche gleiten ließ, drehte er sich um. Die Gouvernante sah nun zum ersten Mal sein Gesicht in voller Beleuchtung und erkannte ihn sofort.

Während der Herr davonspazierte, starrte Klara wie hypnotisiert hinterher. In ihrer Überraschung hatte sie jede Vorsicht vergessen und nur der Tatsache, dass sich der ahnungslose Baron nicht umschaute, war es zu verdanken, dass ihm die junge Frau mit dem Hündchen entging.

Erst als Frou frou leise winselte, erwachte Klara wieder zum Leben. Sie hob den Pelzball auf, setzte ihn auf ihren Schoß und vergrub die Hände in seinem Fell. Ihr war eiskalt.

Eine Erschütterung der Bank sagte ihr, dass sich jemand neben sie gesetzt hatte. Klara wandte sich um. Hans Dante Moorheim lüftete seinen Zylinder zum Gruß.

„Warum verfolgen Sie mich?" Klara war selbst erstaunt, wie brüchig ihre Stimme klang.

„Immer wenn ich Sie treffe, sehen Sie aus, als wären Sie gerade einem ganzen Rudel von Gespenstern begegnet", stellte Moorheim fest.

Diese Frechheit verschlug Klara erst einmal den Atem und sie vergaß vor Zorn den Baron. „Ich mag vielleicht furchtbar aussehen, aber um Ihr Benehmen ist es noch wesentlich schlimmer bestellt."

„Ich nahm an, dass Sie an Süßholzraspelei nicht interessiert sind."

„Das bedeutet aber nicht, dass mir Ihr ungezogenes Benehmen gefällt." Klara stand auf.

„Bitte lassen Sie mich nicht schon wieder sitzen. Ich muss wirklich dringend mit Ihnen reden."

„Sie haben meine Frage noch nicht beantwortet", sagte Klara. „Warum verfolgen Sie mich?"

„Ich verfolge nicht Sie. Dass wir uns immer wieder treffen, liegt wahrscheinlich daran, dass wir beide die gleiche Person im Auge haben."

„Das kann nicht sein", Klara schüttelte hilflos mit dem Kopf, „ich bin heute nur zufällig auf ihn gestoßen und er ist jemand anderes."

„Ich kann Ihnen zwar nicht folgen, aber Sie erklären es mir sicher." Der Mann musterte Klara mit einer Mischung aus Neugier und Mitleid. „Alles, was Sie mir erzählen, wird vertraulich behandelt. Aber ich denke, Ihre Informationen könnten wichtig sein – für uns beide."

Klara seufzte und ließ sich wieder auf der Bank nieder. „Dieser Teil der Geschichte hat nur mit mir zu tun, also spricht nichts dagegen, dass ich Ihnen davon erzähle." Sie setzte Frou frou auf den Boden und faltete die Hände. „Vor etwas mehr als einem Jahr erschoss sich mein Vater in seinem Arbeitszimmer. Er hatte gerade erfahren, dass er sein gesamtes Vermögen einem Betrüger in die Hände gegeben hatte. Unsere Familie war ruiniert."

Moorheim nickte, als sei ihm das nicht neu. „Und dieser Betrüger war der Baron von Hinderlingen."

„Damals nannte er sich Konsul Hinder und wohnte angeblich in Lübeck."

„Ein anderer Name, aber der gleiche Gauner."

„Was haben Sie mit ihm zu schaffen?"

„Ein Bekannter von mir erlebte das Gleiche wie Ihr Vater. Gute Freunde konnten ihn gerade noch vor dem Schlimmsten bewahren, aber Tatsache ist: Auch er büßte sein Geld ein."

Klara warf dem Mann neben sich einen wachsamen Blick zu. „Und was haben Sie für ein Interesse an dieser Sache? Hat der Bekannte Schulden bei Ihnen?"

„Es ist nicht einfach zu erklären."

„Dann machen Sie es kompliziert. Man kann es mir zumuten."

Moorheim lachte. „Das glaube ich Ihnen sofort."

„Gut", Klara schaute ihn erwartungsvoll an.

„Haben Sie oder hat jemand aus Ihrer Familie den Betrug an Ihrem Vater bei der Polizei gemeldet?"

Klara runzelte die Stirn. Was hatte das mit ihrer Frage zu tun? „Davon gehe ich aus. Allerdings musste ich mich zu dieser Zeit hauptsächlich um Mutter kümmern – es war zu befürchten, dass wir sie auch noch verlieren. Aber ich bin überzeugt, dass mein Bruder den Konsul Hinder anzeigte."

„Was wurde daraus?"

„Gar nichts." Klara schüttelte zornig mit dem Kopf. „Dieser Hinder war nicht greifbar und aus den vorhandenen Unterlagen ging nicht eindeutig hervor, dass er in betrügerischer Absicht gehandelt hatte. Man sagte uns, es sei eben ein zu riskantes Geschäft gewesen. Eine Bananenmehlfabrik auf den Nikobarischen Inseln. Das klang für alle absurd. Sie konnten sich nicht vorstellen, dass ein Reeder anders über solche Entfernungen denkt." Klara wischte sich mit dem Handrücken über die Augen, als sie an diese elende Zeit dachte. „Wir hatten nicht mehr das Geld, um jemanden zu beauftragen, die Sache weiterzuverfolgen."

„So geht es den meisten Opfern." Moorheim beugte sich vor. „Aber das sollte nicht sein." Seine grauen Augen bekamen einen leidenschaftlichen Schimmer. „Deswegen habe ich es mir zur Aufgabe gemacht, mich mit diesen Fällen zu befassen, für die unsere Polizei weder Zeit noch Leute und Fantasie hat."

Klara runzelte die Stirn. War das eine Beschäftigung für einen respektablen Bürger?

Moorheim lächelte, als hätte er ihre Gedanken gelesen. „Mein älterer Bruder führt das Handelshaus unserer Familie in Bremen sehr gut allein – er ist ein besserer Kaufmann, als ich je sein würde. Zum Militär eigne ich mich nicht, am Reisen habe ich wenig Spaß, zum Jagen keine Lust. Da bleibt nicht mehr viel. Also tue ich das, wozu ich Talent habe: Ich stecke meine Nase in die Geschäfte anderer Leute."

„Dabei sind Sie auf den Baron von Hinderlingen gestoßen?"

„Unter verschiedenen Namen."

„Und Sie wollen ihn zur Verantwortung ziehen?"

„Ich habe schon andere Betrüger vor Gericht gebracht."

Klara schaute ins Leere. „Dadurch kommt mein Vater nicht zurück."

„Aber ich kann verhindern, dass es weitere Opfer wie ihn gibt!"

Sie überlegte. Konnte sie diesem sonderbaren Menschen vertrauen? Vom anderen Ende der Bank aus beobachtete Moorheim sie interessiert mit dem Zylinder auf dem Knie.

„Halten Sie es für möglich, dass Hinderlingen auch einen Mord begangen hat?", platzte Klara heraus. Ohne die Namen ihrer Herrinnen zu nennen, erzählte die Gouvernante, über welche Umwege sie auf den Baron gestoßen war. „Ich wollte ursprünglich nur herausfinden, was mit Walther von Paumeck passiert ist."

„Eigentlich möchte ich meinen, dass ein Mord nicht zu Hinderlingens üblicher Vorgehensweise passt", sagte Moorheim langsam, „aber wir dürfen es auch nicht einfach ausschließen. Ich kann nur sagen, dass er mit Sicherheit nicht selbst den Schuss abgegeben hat."

„Woher wissen Sie das?"

„Ich war zum Zeitpunkt von Paumecks Tod mit Hinderlingen zusammen", erklärte Moorheim schlicht. Klara hatte Mühe, ihre Gesichtszüge so weit unter Kontrolle zu halten, dass man ihr die Verblüffung nicht ansah. „Was waren Sie?"

„Echauffieren Sie sich nicht. Für den guten Baron bin ich ein wohlhabender Kurgast, der dazu einlädt, gerupft zu werden. Deshalb war ich in dieser Nacht ebenfalls im Marmorsaal und habe Roulette gespielt."

„Haben Sie auch Walther von Paumeck kennengelernt?"

„Ich hatte sogar mit zwei Paumecks das Vergnügen", meinte Moorheim. „Walther war mit seinem Großvater da – der ist das Familienoberhaupt und eigens angereist, um nach seinem Enkel zu sehen."

„Was hatten Sie für einen Eindruck von Walther?"

Moorheim zuckte mit den Schultern. „Leichtsinniger Windhund. Ich bin sicher, dass er Schulden bei dem Baron hatte. Hohe Schulden. Und dass er nicht darauf erpicht war, dass sein Großvater davon erfuhr. Der Baron seinerseits wollte nicht, dass ich darüber informiert war. Was mich natürlich umso neugieriger machte."

Klara hörte gebannt zu und Moorheim redete weiter. „Dieser Großvater, Ignatz von Paumeck, hat es schließlich geschafft, seinen Enkel vom Spieltisch loszueisen. Es war ziemlich deutlich, dass er ein ernstes Wörtchen mit ihm reden wollte. Sie gingen gemeinsam auf die Terrasse und kurz darauf machte die Nachricht die Runde, dass ein Mann ermordet worden sei."

Frou frou kläffte und rannte so plötzlich los, dass Klara gerade noch das Ende der Leine erwischte. Lucille Ottilie Rotherbruch näherte sich auf der Promenade. Begleitet wurde sie von Adalbert und dem Hauslehrer

Rudolf Lichtblau. Klara sprang sofort von der Bank auf und trat auf ihre Arbeitgeberin zu.

„Mit wem haben Sie sich denn da unterhalten?", fragte die Bankiersgattin.

„Ein Bekannter, den ich zufällig hier getroffen habe."

„Ein flüchtiger Bekannter, würde ich eher sagen", erwiderte die Dame und Klara blickte sich um. Die Bank war leer. Hans Dante Moorheim hatte das Weite gesucht.

Lichtblau lächelte versonnen. „Ein *flüchtiger* Bekannter, wie unglaublich scharfsinnig, Frau Rotherbruch."

Klara warf ihm einen bösen Blick zu, aber er bemerkte es nicht einmal. Seine Augen ruhten auf seiner Herrin und er wiederholte flüsternd immer wieder das Bonmot, als hielte er Lucille Ottilie für die geistreichste Frau unter der Sonne. Während Adalbert mit Frou frou herumtollte, strebte das Grüppchen wieder dem Hotel zu.

„Sie waren den ganzen Tag lang verschwunden", sagte die Bankiersgattin in einem klagenden Tonfall. „Ich habe Theodora verboten auszugehen, bis sie sich vollständig erholt hat, und sie vermisste das Hündchen."

„Dann werde ich mich jetzt beeilen, es ihr zu bringen."

„Ich begleite Sie", sagte Frau Rotherbruch, „damit Sie nicht wieder abhandenkommen." Mit einem Wink entließ sie Adalbert und den enttäuschten Lehrer, der mit hängenden Schultern hinter seinem Schüler her schlurfte.

„Seien Sie ehrlich zu mir", begann die Bankiersgattin, nachdem sie einige Schritte gegangen waren. „Theodoras letzte Gouvernante hat uns Knall auf Fall verlassen, weil sie heiraten wollte. Wenn Sie sich mit ähnlichen Plänen tragen, dann wäre ich sehr froh darüber, wenn Sie uns beizeiten informieren würden. Der Weggang der guten Mademoiselle Miller kam für uns sehr ungelegen."

Klara wusste, dass ihre Vorgängerin nur wenige Tage vor der Reise nach Bad Ems gekündigt hatte und dass deshalb der Bankier Rotherbruch sehr kurzfristig einen Ersatz gesucht hatte. Ein Glücksfall für Klara, die zu einer wenig begehrten Spezies von Gouvernanten gehörte: keine Berufserfahrung, keine besonderen Fähigkeiten als Pianistin und keine Französin.

„Ich versichere Ihnen, nichts liegt mir ferner als eine Hochzeit", sagte sie schnell.

Am Abend war Theodora wieder auf den Beinen. Zwar sah sie immer noch bleich aus, aber Klara hielt es für ein gutes Zeichen, dass es ihr im Bett langweilig war. Das Mädchen hatte sogar freiwillig sein verhasstes Stickmustertuch zur Hand genommen.

„Haben Sie schon herausgefunden, wer Walther getötet hat?", fragte sie, als die Frauen mit ihren Handarbeiten beisammensaßen und Adalbert auf dem Teppich versuchte, Frou frou beizubringen, Pfötchen zu geben.

Klara schüttelte mit dem Kopf. Sie wusste, dass es Theodora hauptsächlich interessierte, ob im Zusammenhang mit dem Mord ihr eigener Name auftauchte und das war bisher gottlob nicht der Fall.

„Schätzchen, darüber sollte sich eine Dame keine Gedanken machen", mischte sich die Bankiersgattin ein. „Wir können Walther nur in guter Erinnerung behalten – immerhin hat er uns Frou frou geschenkt, aber du musst nach vorne schauen."

„Ja, Maman."

„Die Polizei ist übrigens eifrig dabei, nach dem Mörder zu fahnden", warf Adalbert ein, „das haben sie in der Kurzeitung geschrieben. Da stand, dass es wahrscheinlich jemand war, der bei Walther Spielschulden hatte. Man nimmt an, dass der Täter ihm von Bad Homburg aus nachgereist und inzwischen wieder über alle Berge ist."

„Sehr praktisch", bemerkte Klara, „dann müssen sie ihn hier in Bad Ems nicht suchen. Das würde ja sonst die Kurgäste beunruhigen."

„Ich bin froh darüber, dass ich mich nicht damit befassen muss, ich wüsste gar nicht, wo anfangen", sagte Lucille und wandte sich wieder ihrer Stickerei zu.

„Man müsste sich erkundigen, ob jemand gesehen hat, wie auf Walther geschossen wurde", sagte Theodora.

„Das hat wohl niemand gesehen, immerhin war es mitten in der Nacht und der Schuss war auch nicht besonders laut", meinte Klara. „Wahrscheinlich hat der Täter ein Katapult oder etwas Ähnliches benutzt, denn Walther wurde mit einer Roulettekugel aus Elfenbein getötet – so etwas wäre mit einer Feuerwaffe wohl nicht gegangen."

Adalbert schaute auf. „Eine Windbüchse."

„Was soll das denn sein?", fragte Theodora.

„Ein Gewehr, das nicht mit Schießpulver, sondern mit Druckluft funktioniert."

„Was es nicht alles gibt." Lucille unterdrückte ein Gähnen.

„Eine Windbüchse schießt genauso gut wie ein normales Gewehr", sagte Adalbert. „Ich habe gelesen, dass sie auf der Lewis-und-Clark-Expedition in Amerika eine dabei hatten – zum Jagen, damit konnten sie Schießpulver sparen. Bei dieser Expedition haben sie unbekannte Gegenden erforscht und Indianer kennengelernt." Seine Stimme klang sehnsüchtig.

„Du solltest lieber etwas Vernünftiges lesen", meinte die Bankiersgattin.

„Das ist etwas Vernünftiges", widersprach Adalbert trotzig, „wenn ich groß bin, gehe ich auch auf Expeditionen."

„Die Roulettekugel", sagte Klara schnell, bevor das Gespräch auf Adalberts Zukunftspläne abdriftete, „deutet darauf hin, dass es um die Spielerei ging."

„Also hat die Polizei recht", sagte die Bankiersgattin. „Es war ein anderer Spieler und ihr zerbrecht euch völlig überflüssigerweise den Kopf." Sie schnitt einen Faden ab und legte die Schere mit Nachdruck auf den Tisch. „Ich wünsche jedenfalls keine Diskussion mehr über dieses unappetitliche Thema."

7. Kapitel

Am nächsten Tag musste Klara erst einmal zum Bahnhof gehen, um sich nach Adalberts Büchern zu erkundigen. Der Hauslehrer war mit dem Jungen vor einigen Tagen nach Koblenz gefahren, um Lehrbücher zu kaufen, die er angeblich dringend für den Unterricht benötigte. Auf der Rückfahrt hatte er es dann geschafft, diese Bücher im Zug liegen zu lassen.

„Lichtblau bringt mich zur Verzweiflung", sagte die Bankiersgattin. „Am liebsten würde ich ihn fortschicken, aber das gäbe dann endlose Diskussionen mit Friedrich Wilhelm und wer weiß schon, wie der nächste Hauslehrer sein würde – das ist alles furchtbar lästig."

Das Lahntal lag noch im Schatten der steilen Hügel, und als Klara die Kurbrücke überquerte, sah sie, wie leichter Dunst von der Oberfläche des Flusses aufstieg. Wenn man genau hinschaute, konnte man die Bläschen erkennen, in denen das Thermalwasser von den warmen Quellen, die sich tief im Flussbett befanden, nach oben kam. Die Gouvernante schritt kräftig aus, so, als könnte sie durch die schnelle Bewegung den Grübeleien entkommen, mit denen sie sich heute Nacht im Bett herumgewälzt hatte. Das unverhoffte Auftauchen des Mannes, der die Schuld daran trug, dass sie sich als Hausangestellte durchbringen musste, hatte sie mehr als erwartet durcheinandergebracht. Und dann gab es da noch diesen sonderbaren Herrn Moorheim. War das Überführen von Betrügern wirklich eine passende Aufgabe für einen vornehmen Herrn? Und aus guter Familie stammte er, davon war Klara überzeugt. Das sagten ihr nicht nur die ausgesuchten Stoffe seiner Kleidung, sondern auch seine Art zu reden. Sein Benehmen ihr gegenüber war allerdings schauderhaft. Und da sie sich sicher war, dass er es besser wusste, konnte sie nur davon ausgehen, dass er sie so gering einschätzte, dass er es nicht für notwendig hielt, sich in ihrer Gegenwart an irgendwelche Regeln zu halten. Sie schnaubte und schritt vor Wut noch schneller aus – bis sie ihr Seitenstechen zwang, stehen zu bleiben und sich zu beruhigen.

Als Klara die neu gebaute Bahnhofshalle betrat, hatte sie sich wieder im Griff. Sie roch den frischen Putz und Frou frous Krallen klickten leise auf den Steinfliesen. Die Gouvernante erkundigte sich an einem Schalter nach den Fundsachen und der Beamte holte aus den hinteren Räumlichkeiten einen Kollegen, der sich ihre Beschreibung der Bücher anhörte und sie dann bat, einige Minuten zu warten. Neugierig inspizierte Klara solange die Halle und lugte durch die Verbindungstür in den sogenannten Fürstenbahnhof, in dem die wirklich bedeutenden Gäste des Kurbades empfangen wurden. Während sie die gemalten Fabelwesen bewunderte, die die hohe Decke bevölkerten, hörte sie Schritte und Stimmen der Personen, die hinter ihr vorübergingen. „Natürlich, Herr von Paumeck, wir werden alles nach Ihren Wünschen erledigen", sagte jemand.

Klara drehte sich abrupt um. Hier so plötzlich den Namen des Ermordeten zu hören, ließ sie jede Vorsicht vergessen.

Das Grüppchen bestand aus drei unbekannten Männern, die sie interessiert musterten, da sie mit ihrer heftigen Bewegung die Aufmerksamkeit auf sich gezogen hatte.

„Was glotzen Sie wie eine Kuh, wenn es donnert?", fuhr sie der Älteste an, ein schwarz gekleideter magerer Greis, der sich auf einen kräftigen Gehstock stützte und sich gleichzeitig so gerade hielt, als ob er einen zweiten verschluckt hätte. „Haben Sie noch nie einen alten Mann in Trauer gesehen?"

Seinen Begleitern schien dieses Benehmen peinlich zu sein. Der Beamte in der Uniform der Nassauischen Eisenbahn verbeugte sich hastig, und machte sich davon.

„Ich bitte um Verzeihung", sagte Klara, „aber als ich den Namen von Paumeck hörte, glaubte ich, es würde sich um einen Bekannten von mir handeln."

„So, glaubten Sie das?" Der Greis ließ seine Blicke von oben nach unten über Klara wandern. „Sie sehen zwar nicht aus wie ein Flittchen, aber ich teile Ihnen trotzdem mit, dass Sie sich nach einer neuen Verdienstmöglichkeit umsehen müssen. Walther ist tot."

„Das ist mir bekannt. Daher auch mein Erstaunen. Ich weiß, dass die Trauer aus Ihnen spricht, und ich drücke Ihnen mein aufrichtiges Beileid aus." Klara machte einen leichten Knicks, obwohl sie so wütend war, dass es in ihren Ohren rauschte. „Und hinsichtlich meiner finanziellen Situation kann ich Sie beruhigen."

Frou frou kläffte zur Bestätigung. Der alte Mann maß die Gouvernante noch einmal mit einem grimmigen Blick, dann drehte er sich auf dem Absatz um und marschierte zum Ausgang.

„Ich möchte mich für das Verhalten meines Herrn entschuldigen", sagte der dritte Mann. Er war einfacher gekleidet und etwas jünger – wenngleich seine grauen Schläfen darauf hindeuteten, dass er die Lebensmitte ebenfalls bereits überschritten hatte. Die Brusttasche seiner Weste war ausgebeult und das Mundstück einer Tonpfeife lugte daraus hervor. „Der Tod seines Enkels ist ihm sehr nahegegangen, wir haben gerade die Überführung des Sarges organisiert."

„Dann ist seine Aufregung verständlich."

„Zumal wir tatsächlich einige unerfreuliche Erlebnisse in puncto Geldforderungen hatten."

„Otto!", eine befehlsgewohnte Stimme schallte durch die Bahnhofshalle. „Hierher!" Für sein Alter besaß der Herr von Paumeck eine ungewöhnlich kräftige Stimme.

Der fremde Mann verbeugte sich vor Klara und eilte davon. Die Gouvernante schlenderte durch die Empfangshalle zurück zu dem Eingang, in dem der Beamte, der Adalberts Bücher suchen sollte, verschwunden war. Hier lagen auch die übrigen Büros der Bahnbediensteten. Plötzlich wurde die Tür aufgerissen und ein Herr in Zivil stürmte hinaus. Moorheim war rot im Gesicht, stopfte ein zerknittertes Formular in seine Jackentasche und hätte Klara fast umgerannt. Er murmelte etwas Unverständliches, das vage nach einer Entschuldigung klang.

„Guten Tag, Herr Moorheim", sagte Klara, „wieder einmal unhöflich unterwegs?"

Seine düstere Miene hellte sich etwas auf, als er sie erkannte. „Sie hätte ich hier nicht erwartet."

„Und ich hätte nicht erwartet, dass Sie auf meinen Gruß reagieren, schließlich haben Sie es gestern ja auch vorgezogen, mich plötzlich nicht mehr zu kennen."

„Oho", sagte Hans Dante Moorheim, „das muss fürwahr eine dicke Laus gewesen sein, die Ihnen da über die Leber gelaufen ist."

„Wenn Sie mich vor meiner Herrin kompromittieren, dann ist das nicht nur eine Laus."

Moorheim betrachtete sie grimmig „Ich hätte gewettet, dass Sie auf die Meinung Ihrer Herrin nicht allzu viel geben."

Klara starrte zurück. „Da sie meinen Lebensunterhalt finanziert, bin ich von ihrer guten Meinung abhängig."

Eine Weile schwiegen beide.

„Sie haben recht", sagte er langsam, „ich habe Ihre Lage nicht richtig eingeschätzt und entschuldige mich dafür."

Klara war so verblüfft, dass sie nur nicken konnte.

Um seine Verlegenheit zu überspielen, redete Moorheim gleich weiter: „Was machen Sie hier? Ich hoffe, Sie versuchen nicht, irgendwelches Gepäck abzuholen. Das ist aussichtslos." Er schickte einen wütenden Blick dorthin zurück, wo er hergekommen war. „Weiß der Himmel, was die mit meinem Koffer gemacht haben. Wahrscheinlich nach Timbuktu spediert!"

„Ich hoffe, es war nichts Wertvolles drin."

Er rang sich ein schiefes Lächeln ab. „Wertsachen verschicke ich nicht per Bahn – aus gutem Grund, wie man sieht. Die behaupten, ich hätte bei der Gepäckaufgabe in Bad Homburg ein anderes Formular ausfüllen sollen und jetzt soll ich noch einmal ein Formular einreichen, damit sie meinen Koffer suchen …"

Der Beamte mit Adalberts Büchern erschien.

„Jemand, der bei der Bahn zurückerhält, was er verloren hat. Fräulein Söderbaum, Sie sind ein Glückskind", bemerkte Moorheim. Nach einem Blick auf die Titel der Bücher fuhr er fort: „Allerdings pflegen Schulbücher über Trigonometrie und Algebra meistens zu ihren Besitzern zurückzufinden."

Klara musste lachen. „Und die Begeisterung darüber hält sich in Grenzen."

„Dann gehe ich davon aus, dass der Lesestoff gerade nicht sehnlich erwartet wird." Moorheim schaute die Gouvernante nachdenklich an. „Wenn ich Sie zur Entschuldigung für mein Verhalten auf einen Kaffee einlade, könnte das irgendwer falsch verstehen?"

„Planen Sie, vor dem Bezahlen zu verschwinden?" Diese Spitze konnte sich Klara nicht verkneifen.

„Ich hoffe, Sie haben gestern meinetwegen keinen Ärger bekommen."

„Nur einen geschmacklosen Kommentar – mit so etwas muss man in meiner Stellung leben."

„Das tut mir leid", wiederholte Moorheim.

Klara warf einen Blick auf die Bahnhofsuhr. „Etwas Zeit könnte ich erübrigen, bevor Theodoras Klavierstunde beginnt."

„Sie unterrichten selbst?"

„Leider nein, in diesem Fall ist die Schülerin der Gouvernante überlegen. Aber wir haben hier einen sehr guten Lehrer gefunden und wenn ich dem Unterricht zuhöre, dann lerne ich auch noch etwas."

Moorheim sah sie von der Seite an. „Die Situation kann für Sie wahrhaftig nicht einfach sein, immerhin sind Sie in ähnlichen Verhältnissen aufgewachsen wie Ihre jetzigen Arbeitgeber."

Sie gingen über die Brücke Richtung Kurviertel.

„Meine Mutter sollte Herrin ihres eigenen Hauses sein, stattdessen arbeitet sie jetzt als Hausdame für einen Verwandten, und mein Bruder ist Zweiter Offizier auf einem Schiff, das eigentlich ihm gehören sollte", sagte Klara bitter.

„Und Sie selbst?"

Die Gouvernante schaute über den Fluss. „Momentan habe ich eine auskömmliche Arbeit und verdiene meinen Lebensunterhalt – mehr kann ich in meiner Situation nicht erhoffen." Sie zuckte mit den Schultern. „Anders als meinen Schützling kann mich niemand zu einer baldigen Heirat zwingen."

Inzwischen hatten sie ein Kaffeehaus erreicht und der Ober bot ihnen einen Platz am Fenster an.

„Demnach halten Sie die Ehe nicht für erstrebenswert?"

Klara schüttelte mit dem Kopf. In welches Fahrwasser waren sie bei dieser Unterhaltung geraten? Solche Themen diskutierte eine Dame doch nicht mit einem Herrn, den sie kaum kannte. Wohlerzogene Menschen plauderten beim Kaffee unverbindlich über das Wetter. Dieser Moorheim war schlicht und einfach unmöglich.

Nachdem Klara etwas Zucker in ihre Tasse gegeben hatte, sagte sie: „Gerade habe ich Bekanntschaft mit dem alten Herrn von Paumeck gemacht. Ein sehr unhöflicher Zeitgenosse." Sie erzählte, was sie erlebt hatte.

Moorheim grinste. „Ich hatte auch schon das Vergnügen, ihn von dieser Seite kennenzulernen. Walther brachte den Großvater an seinem letzten Abend mit an den Roulettetisch im Marmorsaal und der schien alle dort Versammelten als vergnügungssüchtige Schmarotzer zu betrachten, die im Begriff waren, ihre jeweiligen Familienvermögen zu verschleudern."

„Wirft ein interessantes Licht auf das Verhältnis zu seinem Enkel."

„Allerdings", meinte Moorheim.

„Wie gehen Ihre Bemühungen um den Baron von Hinderlingen voran?"

„Schleppend. In dieser Phase komme ich mir vor wie ein Angler. Ich habe den Köder ausgeworfen, indem ich mich als reichen, kränklichen und gelangweilten Kurgast ausgebe. Jetzt muss ich warten, ob der Baron anbeißt."

Klara trank ihren Kaffee aus. „Ich muss los!"

Moorheim hob seine Tasse, als wollte er ihr zuprosten. „Ich werde Ihnen sicher bald wieder begegnen."

Klara machte sich auf den Weg ins Hotel. Dass sie selbst Theodora nicht im Klavierspiel unterrichten konnte, wurmte sie mehr, als sie Moorheim erzählt hatte. Solche Fähigkeiten bei einer Gouvernante konnten darüber entscheiden, ob sie eine Stelle bekam oder nicht. Sie seufzte. Als sie in Theodoras Alter war, hatte sie nicht ahnen können, wie ihr Leben einmal verlaufen würde. Sonst hätte sie ihre eigene Gouvernante weniger geärgert und dafür im Unterricht besser aufgepasst.

In Gedanken war sie immer noch in der Vergangenheit, als Frou frou unvermittelt stehen blieb, alle vier Beinchen fest auf den Boden stemmte und sich umschaute. Der plötzliche Ruck an der Leine brachte Klara aus dem Gleichgewicht. Sie ließ mitten auf der Promenade Adalberts Bücher fallen. Während sie die Bände wieder aufsammelte, schimpfte sie mit dem Hündchen. Dabei rempelte sie einen Herrn an, der sich in diesem Moment an ihr vorbeidrücken wollte.

„Verzeihung", sagte sie automatisch und der Baron von Hinderlingen drehte sich um.

Klara erstarrte. An seinem bestürzten Gesichtsausdruck konnte sie ablesen, dass er sie ebenfalls erkannt hatte. Dann gewann er seine Haltung zurück und lüftete unverbindlich den Zylinder. „Keine Ursache, gnädige Frau."

Frou frou fletschte die Zähne und knurrte den Baron mit einem dermaßen bösartigen Unterton an, wie es Klara noch nie von diesem kleinen Tier gehört hatte.

„Passen Sie gut auf Ihren Hund auf, gnädige Frau."

Klara blickte ihn direkt an. Frou frous Beispiel wirkte ansteckend. „Passen Sie auf sich auf, Herr von Hinderlingen, oder soll ich besser sagen Konsul Hinder?"

Der Mann ging wortlos davon.

Klara schaute ihm nach. Sie wusste, dass es ein Fehler gewesen war, ihm zu zeigen, dass sie ihn erkannt hatte. Der Baron dürfte in Zukunft noch vorsichtiger agieren – oder Bad Ems sogar verlassen. Moorheim würde ihr nicht dafür danken. Aber die Erinnerung an ihr früheres Leben und der Vergleich mit der Gegenwart hatten sie wütend gemacht.

Sie erinnerte sich noch genau, wie sie dem falschen Konsul zum ersten Mal begegnet war. Es war vor zwei Jahren gewesen, im elterlichen Haus in Hamburg. Sie kam gerade die Treppe herunter, um auszugehen, und Vater begleitete einen Besucher hinaus, den er in seinem Arbeitszimmer im Erdgeschoss empfangen hatte. Der Reeder Söderbaum machte seine Tochter mit dem Konsul Hinder bekannt und fügte hinzu: „Du wirst ihn in Zukunft öfter in diesem Hause sehen, denn wir werden gemeinsam in das Geschäft mit Südfrüchten einsteigen."

„Ich mag Orangen", hatte Klara gesagt, während sich der Konsul über ihre Hand beugte.

Der Reeder lachte. „Es werden wohl keine Orangen sein."

„Wir planen eine Fabrik, um Bananen zu Mehl zu verarbeiten, direkt auf der Plantage. Dieses Mehl wird per Schiff nach Deutschland gebracht und hier verkauft", erklärte der Konsul wichtig. „Es ist sehr gesund und nährstoffhaltig. Ich habe sogar bereits Kontakte zum preußischen Militär geknüpft."

„Damit werden wir reich", hatte der Vater gesagt und Klara einen Kuss auf die Stirn gegeben.

8. Kapitel

Um Theodora aufzuheitern, hatte Frau Rotherbruch beschlossen, dass sie am Sonntag alle gemeinsam eine Landpartie unternehmen sollten.

„Auf Eseln!", rief Adalbert begeistert aus. Er hatte erst kürzlich die allmorgendliche Parade der Reitesel miterlebt, bei der sich rund hundert Tiere und ihre Treiber vor dem Kurhaus unter Trompetenklängen den Gästen präsentierten. Seitdem wollte er unbedingt einen Ausritt auf einem Esel machen.

Klara konnte es der Bankiersgattin ansehen, dass sie von dieser Idee wenig angetan war. „Ich dachte daran, eine Kutsche zu nehmen."

„Aber es wird sicher lustig mit den Eseln", meinte Theodora. Es war das erste Mal seit Walthers Tod, dass das Mädchen wieder so etwas wie Begeisterung zeigte.

Lucille Ottilie seufzte. „Gut, dann eben Esel."

„Das dürfte auf den hiesigen Wegen ohnehin besser sein", bemerkte Rudolf Lichtblau, der schon genügend Fußwanderungen mit Adalbert hinter sich hatte, um das beurteilen zu können. „Ich werde persönlich Ihren Esel führen, dann kann Ihnen nichts passieren."

Frau Rotherbruch nickte mit einem resignierten Gesichtsausdruck.

Nach dem Frühstück begab sich die Familie samt Gouvernante und Hauslehrer zu den Tagesställen der Esel, die gegenüber dem Kurviertel jenseits der Lahn lagen. Klara hatte sich im Hotel ein Flugblatt geben lassen, auf dem die Preise für die Touren abgedruckt waren. „Wo wollen wir hin?", fragte sie die Bankiersgattin, als sie bei dem großen Schuppen ankamen, an dem eine ganze Herde gesattelter Esel mit roten Schabracken und Nummern am Zaumzeug bereitstand.

Lucille Ottilie blickte wenig begeistert auf die unübersichtliche Versammlung von Grautieren auf dem staubigen Platz.

„Planen die gnädige Frau ihren ersten Ausflug via Esel?" Ein älterer Mann in der offiziellen Tracht der Eselstreiber – blauer Kittel und rote Mütze – wandte sich mit einer Verbeugung an Frau Rotherbruch.

„In der Tat. Und er sollte auch nicht zu lang sein."

„Dann würde ich die Tour zur Henriettensäule vorschlagen. Die Wege sind neu angelegt, schattig, nicht zu steil, und das Schweizerhaus bietet eine hervorragende Rastmöglichkeit."

Lucille schaute zu Klara, die auf dem Informationsblatt die Preise für diese Tour nachsah. Es war in der Tat einer der kürzeren Ausflüge und sie würden bis zum Nachmittag, für den Gewitter vorausgesagt waren, bequem zurück sein.

Adalbert war schon zwischen den Eseln verschwunden, deren Treiber ein gutes Geschäft witterten und ihre Tiere wie zufällig in den Vordergrund rückten. Theodora lachte, als ein Junge, dessen Grautier sich weigerte voranzugehen, von hinten mit aller Kraft schob. Die Bankiersgattin zog ein säuerliches Gesicht, aber der alte Aufseher redete mit Engelszungen auf sie ein und pries so wortreich die Vorzüge der einzelnen Esel, dass Lucille Ottilie sich schließlich auf einen Schimmel hinaufhelfen ließ, der ihr sehr gut zu Gesicht stand. Nun erschien auch Adalbert wieder, gefolgt von einem kräftigen braunen Tier samt zugehörigem Eselstreiber. Klara ließ sich einen grauen Esel mit freundlichem Gesichtsausdruck zuweisen und Theodora verliebte sich in einen feingliedrigen Falben. Nur Lichtblau machte Schwierigkeiten. „Ich gehe wirklich sehr gern zu Fuß", betonte er, „ich werde Sie auch bestimmt nicht aufhalten."

Seine Herrin nickte gnädig. Wenn er unbedingt den Staub schlucken wollte, den die Hufe der Reittiere aufwirbelten, dann würde sie ihn nicht daran hindern.

Nachdem die Verteilung der Esel geklärt war, konnte es losgehen. Mit ernstem Gesichtsausdruck wanderte der Hauslehrer neben Lucille Ottilies Esel einher, um darüber zu wachen, dass das Tier ja keinen falschen Schritt tat. Er war so eifrig bei dieser Aufgabe, dass er den entnervten Gesichtsausdruck des verantwortlichen Eselstreibers gar nicht registrierte.

Der mit Kirschbäumen und Kastanien gesäumte Weg überraschte immer wieder mit hübschen Ausblicken auf die Lahn und das Emser Kurviertel. Ansonsten bot die Tour wenig Aufregendes. Bei der Henriettensäule handelte es sich lediglich um einen schmucklosen Obelisken aus rauem Stein. Frau Rotherbruch unterdrückte ein Gähnen.

Das Schweizerhaus war eine neu erbaute Wirtschaft im alpenländischen Stil, die so einladend aussah, dass die Bankiersgattin beschloss, hier eine längere Rast einzulegen. Als sie von ihren Eseln abgestiegen waren und das Gasthaus betraten, kam sofort ein Kellner auf sie zu. „Heute findet hier ein Wettbewerb im Pistolenschießen statt, den ein Büchsenmacher aus Koblenz veranstaltet", verkündete der Mann. „Möchten Sie zusehen, gnädige Frau?"

Frau Rotherbruch schüttelte entschieden mit dem Kopf. „Wir brauchen ein stilles Plätzchen", sagte sie, „wir haben gerade einen Ritt auf diesen unbequemen Tieren hinter uns und müssen uns davon erholen."

Der Kellner verbeugte sich. „Keine Sorge, gnädige Frau, wir sind auch auf ruhebedürftige Gäste eingestellt. Das Schießen findet auf der anderen Seite des Hauses statt." Er führte die Gäste in den Wirtshausgarten, von dem aus sie die inzwischen sattsam bekannte Aussicht auf Bad Ems genießen konnten. „Hier oben sind sogar die Konzerte des Kurorchesters deutlich zu hören", sagte der Kellner.

„Ein hübsches Plätzchen", meinte Lucille Ottilie huldvoll, während sie sich niederließen, und bestellte einen Imbiss. Adalbert vertilgte seinen Kuchen in Rekordgeschwindigkeit, dann verschwand er dorthin, wo die Schüsse knallten. Die Bankiersgattin schickte Lichtblau hinterher, damit er auf seinen Schützling aufpasste. Mit hängenden Schultern folgte der Hauslehrer Adalbert. Er wäre viel lieber hiergeblieben und hätte seine Herrin angehimmelt.

„Er ist mal von einem Esel gefallen", erzählte Theodora, als Lichtblau außer Hörweite war. „Hat mir Adi erzählt. Deshalb setzt er sich jetzt auf keinen mehr drauf." Sie steckte Frou frou ein Stück Streuselkuchen zu. Dann lehnte sie sich zurück und musterte die anderen Gäste. „Möchte wissen, wie viele regierende Fürsten und Herzöge unter diesen Leuten sind."

Ihre Mutter warf ihr einen liebevollen Blick zu. „Ich bin so froh, dass sie über die Enttäuschung mit Walther hinweg ist", sagte sie leise zur Gouvernante.

Als Klara später das Restaurant durchquerte, um die Toilettenräume aufzusuchen, glaubte sie an einem der Tische den Baron von Hinderlingen zu erkennen. Allerdings hob der Herr in dem Moment, als sie zu ihm hinüberblickte, die Speisekarte, sodass sein Gesicht verdeckt war. Auf dem Rückweg ging sie näher an dem betreffenden Tisch vorbei, doch der Mann war verschwunden.

Nach einer Weile kam Adalbert mit Lichtblau zurück in den Wirtshausgarten.

„Das war so spannend", berichtete der Junge, „zum Schluss haben nur noch ein hiesiger Jäger und ein Kurgast um die Wette geschossen. Der Gast hat knapp gewonnen und kommt gleich hierher, um mit den anderen seinen Sieg zu feiern."

„Wahrscheinlich lassen sie die Gäste grundsätzlich gewinnen", sagte Theodora, „das hält sie bei Laune und dann kommen sie wieder."

„Aber der, der heute gewonnen hat, war wirklich gut", widersprach Adalbert. „Ein Mann, der beim Zuschauen neben mir stand, hat gesagt, dass er womöglich Scharfschütze ist."

„Dann dürfte es nicht weiter erstaunlich sein, dass er sein Ziel getroffen hat", meinte Frau Rotherbruch und nahm einen Schluck Kaffee.

Eine Gruppe Männer betrat nun den Garten und einer von ihnen bestellte Bier für alle.

„Das ist der Sieger", meinte Adalbert und Klara schaute hinüber. Sie erkannte Otto, den Kammerdiener des alten Herrn von Paumeck. Wahrscheinlich hatte er heute seinen freien Tag.

„Dabei bin ich im Pistolenschießen gar nicht geübt", sagte er zu dem Mann, mit dem er sich gerade im Gespräch befand. „Habe aber in den letzten dreißig Jahren mit allen Arten von Gewehren geschossen, die man sich nur vorstellen kann." Er trank das Bierglas mit einem Zug leer und fingerte eine nagelneue Tonpfeife aus der Jackentasche.

„Also waren Sie beim Militär", stellte ein vornehm gekleideter Kurgast fest, während der Kellner neues Bier brachte.

„Allerdings! Ich war sechzehn, als ich in der Schlacht von Waterloo mitkämpfte. Damals hatte ich zum ersten Mal ein Gewehr in der Hand; es hätte nicht viel gefehlt und es wäre auch das letzte Mal gewesen. Der Mann, dem ich bis heute diene, hat mir seinerzeit das Leben gerettet."

„Trinken wir darauf, dass die Franzosen dort bleiben, wohin wir sie damals zurückgeschickt haben", ein Graubart hob sein Bierglas, „bis auf die Kurgäste natürlich, die können ruhig herkommen und ihr Geld hierlassen." Die Gruppe lachte und prostete ihm zu. Otto legte seine Tonpfeife solange auf den Tisch.

„Aber Sie sind nach Waterloo bei der Armee geblieben", stellte der wohlgekleidete Kurgast fest.

„Zusammen mit meinem Herrn", meinte Otto und stocherte in dem Pfeifenkopf herum. „Immer das Gleiche, wenn sie neu sind."

Der vornehm gekleidete Kurgast zog eine elegant geformte Pfeife mit einem Kopf aus Wurzelholz aus der Tasche. „Nehmen Sie diese hier, die ist auch neu, aber die macht Ihnen keine Scherereien."

„Besten Dank", Otto schüttelte mit dem Kopf, „aber ich bleibe lieber bei meinen Tonpfeifen. Ich verliere die dauernd und bei so etwas Schönem würde ich mich nur ärgern." Er stopfte seine Pfeife und setzte sie in Brand. „Die letzte war gerade richtig eingeraucht, da habe ich sie irgendwo liegen gelassen."

„Gegen einen Scharfschützen verlieren ist keine Schande", rief einer der Männer aus, der seinen grünen Schlapphut neben sich auf den Tisch gelegt hatte. Sein Tischnachbar klopfte ihm auf die Schulter und hob das Bierglas.

„Das ist der Jäger, der Zweiter geworden ist", flüsterte Adalbert Klara zu.

„Wenn Sie einmal mit mir zusammen auf die Pirsch gehen wollen, dann lade ich Sie gerne ein", rief der Jäger, „bei Ihnen brauche ich wenigstens keine Angst zu haben, dass Sie danebenschießen." Die andern Männer lachten.

„Falls wir lange genug hierbleiben, werde ich vielleicht darauf zurückkommen", meinte Otto.

„Genießen Sie ihre wohlverdiente Kur." Ein etwas leidend aussehender Mann prostete dem Diener mit einem fast leeren Bierglas zu. „Sie scheint bei Ihnen ja bestens anzuschlagen."

Otto lachte. „Ich bin kein Kurgast. Ich kümmere mich wie immer um das Wohlergehen meines Herrn. Aber heute ist mein freier Tag und da spiele ich selbst einmal den Vornehmen."

Der Kellner brachte eine neue Runde Bier und einer der Männer fragte den wohlgekleideten Kurgast: „Haben Sie schon das neueste Mitbringsel des Herrn Offenbach im Kursaal gesehen?"

Der Kurgast lachte. „Oh ja, die Tänzerinnen aus Paris! Das ist wirklich gut!"

„Man erzählt sich ja da die tollsten Dinge über diesen Cancan", meinte ein anderer. „Heben sie die Röcke wirklich so hoch?"

„Oh ja, und die Beine werfen sie noch viel höher!"

„Dann muss ich mir das mal ansehen."

„Ich kann nicht glauben, dass sie so etwas öffentlich aufführen!" Die Männer riefen begeistert durcheinander, nur der kränklich aussehende Kurgast brummte:

„Ich schaue mir das nicht an, bin schließlich anständig verheiratet."

Klara sah zu ihrer Arbeitgeberin hinüber und runzelte demonstrativ die Stirn.

„Also mir ist das jetzt zu laut hier", Frau Rotherbruch griff sich an den Kopf. „Ich schlage vor, wir brechen auf."

Adalbert maulte, er hätte gerne am Nebentisch weiter zugehört.

Als sie zurück zum Mietstall ritten, war es Klara, als sähe sie den Baron im Schatten auf einer Bank an der Kirschenallee sitzen. Aber wieder wendete der Mann den Kopf, sodass sie sich nicht sicher sein konnte. Was sie allerdings zu erkennen glaubte, das war sein Spazierstock mit dem auffälligen silbernen Knauf.

9. Kapitel

Kaum im Hotel angekommen, schickte Frau Rotherbruch Klara zur Apotheke, um Eau de Cologne zu holen. Der Bankiersgattin war der Ausflug mit den Eseln nicht gut bekommen. Sie klagte über Kopfschmerzen, die der Geruch und der holpernde Gang der Tiere bei ihr verursacht hätten. Klara war eher geneigt, diese Beschwerden auf das Wetter zu schieben. Es war unangenehm schwül geworden und alle hofften darauf, dass es heute noch ein abkühlendes Gewitter geben würde.

Erst beim Betreten der Apotheke fiel der Gouvernante wieder der verschmähte Bräutigam ein, der hier arbeitete. Auf eine Begegnung mit ihm legte sie nach ihrer Vorstellung von neulich wenig Wert. Glücklicherweise schien nur der mittlere Apotheker im Laden zu sein. Er bediente gerade den Kunden, der vor ihr gekommen war. Als er allerdings ins Hinterzimmer ging, um ein leeres Arzneifläschchen wegzubringen, das er im Tausch gegen ein volles bekommen hatte, trat Johannes an den Tresen.

Sein geschäftsmäßiges Lächeln verschwand, als er Klara erblickte.

„Geht es dem Hals wieder besser?", wollte er wissen, während er das verlangte Eau de Cologne auf den Ladentisch knallte. Klara errötete und Johannes geriet nun richtig in Fahrt. „Natürlich, wenn man nicht über ermordete Leichen tratschen muss, dann erholt sich die Stimme. Und der Nachtschlaf stellt sich auch wieder ein. Wobei ohnehin nicht zu befürchten ist, dass der Tote ausgerechnet bei einer Klatschbase wie Ihnen spuken kommt." Er stützte sich auf den Tresen und sah ihr direkt ins Gesicht. „Zu Lebzeiten hat er schließlich auch jüngere und hübschere Dinger bevorzugt."

Klara wäre am liebsten im Boden versunken. Der ältere Apotheker war gerade wieder aus dem Hinterzimmer getreten und hatte mit entsetztem Gesicht die letzten Sätze angehört. Ein zorniges „Fort!" scheuchte Johannes nach hinten.

„Ich muss mich für meinen Angestellten entschuldigen", stammelte der Apotheker mit einer förmlichen Verbeugung. „Der junge Mann ist gerade nicht ganz bei sich. Seine Verlobte hat ihm den Laufpass gegeben. Aber das ist natürlich keine Entschuldigung für solch ein respektloses Verhalten gegenüber den Kunden."

„Schimpfen Sie nicht meinetwegen mit ihm", sagte Klara, die sich um einen leichten Tonfall bemühte, um den Mann nicht merken zu lassen, wie sehr sie die Bemerkung mit den „jüngeren und hübscheren Dingern" getroffen hatte. „Als ich das letzte Mal hier war, habe ich ihn geärgert."

„Es geht nicht nur um sein unmögliches Benehmen gerade eben. Obwohl das schon schlimm genug war." Der Apotheker warf einen wütenden Blick in Richtung Hinterzimmer, während er das Wechselgeld aus der Kasse nahm. „Auch andere Kunden haben sich über ihn beklagt. Ein Baron wurde von ihm sogar handgreiflich bedroht, lediglich aus dem Grund, weil er ein Freund des Mannes war, der Johannes die Verlobte abspenstig gemacht hat."

Der Apotheker wickelte das kleine Fläschchen in Seidenpapier. Das Verständnis, das er bei seiner Kundin fand, machte ihn gesprächig. „Als ich Johannes weggeschickt hatte, vertraute mir der besagte Baron an, dass er dem Verblichenen sogar geraten hätte, die Finger von der jungen Frau zu lassen. Und dafür wurde er dann fast geohrfeigt." Er hielt Klara die Tür auf. „Das ist alles sehr bedauerlich."

Während die Gouvernante zum „Russischen Hof" zurückging, dachte sie wieder einmal über Walther von Paumeck nach. Auch wenn bisher nichts zutage gekommen war, das darauf hindeutete, dass sich Theodora durch die Bekanntschaft mit dem Ermordeten kompromittiert hätte, ließ sie das Thema nicht los.

Lucille Ottilie Rotherbruch lag im abgedunkelten Salon auf der Chaiselongue und jammerte. „Theodora und Adalbert sind mit Lichtblau zu einer Bootsfahrt aufgebrochen und haben diesen Hund hiergelassen. Er stört mich, er gibt Geräusche von sich und seine Krallen machen klick, klick, klick auf dem Parkett, von einer Ecke in die andere und wieder zurück."

Frou frou schaute Klara an und fiepte. Die Gouvernante verabreichte ihrer Herrin einige Tropfen Eau de Cologne auf einem Löffelchen mit Zucker, dann lockte sie das Hündchen zu sich und verließ mit ihm das Zimmer. Sie ging davon aus, dass die Bankiersgattin sie in den nächsten Stunden nicht brauchen würde. Nach einem Blick aus dem Fenster beschloss sie, dass das Wetter immer noch zu schön sei, um drinnen zu bleiben. Frou frou führte geradezu einen Freudentanz auf, als Klara die Leine holte. Draußen war es heiß und drückend, doch entlang der Lahn wehte eine kühlende Brise. Das Gewitter ließ auf sich warten.

„Einen schönen guten Tag, Fräulein Söderbaum!" Hans Dante Moorheim stand von seiner Bank auf und lüftete den Zylinder. „Diesmal weder wütend noch verzweifelt. Im Gegenteil, Sie wirken, als seien Sie mit der Welt im Reinen."

„Auch das kommt gelegentlich vor." Klara stellte erstaunt fest, dass sie sich freute, ihn zu sehen.

„Setzen Sie sich zu mir, vielleicht können Sie mich mit Ihrer Zuversicht anstecken."

„Was fehlt Ihnen denn zum Glück?", erkundigte sich Klara, während sie sich auf der Bank niederließ.

„Ich bin in Sorge, ob mein schöner Plan aufgeht. Bisher hat der Baron von Hinderlingen noch nicht nach dem Köder geschnappt, obwohl ich in seiner Gegenwart höchst kränklich huste und mit dem Geld herumwerfe, als hinge meine Gesundheit davon ab, dass ich es loswerde. Sogar eine diamantbesetzte Krawattennadel habe ich geopfert – beziehungsweise verspielt."

„Ein schweres Schicksal", meinte Klara, „vielleicht haben Sie so beunruhigend gehustet, dass er Angst hatte, sich anzustecken."

Moorheim schaute irritiert. „Es ist schwer, da den richtigen Ton zu treffen."

Klara lachte.

„So gefallen Sie mir am besten."

Klara runzelte die Stirn.

„Natürlich müssen Sie mir nicht gefallen. Ich habe kein Recht dazu, so etwas zu sagen."

„Akzeptiert", meinte Klara, die das Geplänkel genoss, „aber jetzt müssen Sie meine Neugierde befriedigen: Warum heißen Sie Dante mit zweitem Vornamen? Sie sehen wirklich nicht nach einem italienischen Dichter aus."

„Erwischt", Moorheim errötete leicht. „Mein Vater schwärmte für die Renaissance und nach der Hochzeitsreise durch Italien hatte er Mutter mit dieser Leidenschaft angesteckt. Allerdings bestand sie vernünftigerweise darauf, dass ihre Kinder zusätzlich noch die Namen erhielten, die in der Familie Tradition waren. Meine Schwester hört daher auf den schönen Namen Greta Beatrice und mein älterer Bruder heißt Friedrich Leonardo. Beide sind so rothaarig wie ich."

„Ungewöhnlich, aber hübsch."

„Wissen Sie was", meinte Moorheim, „kurz bevor Sie hier erschienen sind, überlegte ich, einen kleinen Spaziergang auf die Bäderlei zu unternehmen. Möchten Sie mitkommen? Dort gibt es Wald und es dürfte infolgedessen etwas kühler sein als hier."

„Wer oder was ist diese Bäderlei?"

„Das dort." Moorheim wies auf den Felsenbuckel, den man fast von jeder Stelle in Bad Ems aus sehen konnte. „Man nennt es auch *Sieben Köpfe*, weil der Berggrat sieben Gipfel hat."

Klara legte den Kopf in den Nacken. „Also ich bin mir nicht sicher, ob ich so eine Kletterpartie …"

„Das sieht schlimmer aus, als es ist. Es gibt auch einen Eselspfad, aber bis zu den Heinzelmannshöhlen sollten wir es bequem zu Fuß schaffen."

„Ja, wenn es da echte Heinzelmännchen zu sehen gibt."

„Davon können Sie ausgehen."

„Meinen Sie, dass das Wetter so lange hält?"

„Für die nächsten zwei Stunden bestimmt", Moorheim stand auf.

Sie gingen am Kursaalgebäude vorüber. Plötzlich griff Moorheim nach Klaras Ärmel und hielt sie fest. „Dort sitzt Hinderlingen."

Die kleinen Tische, die das Restaurant des Kurhauses nach draußen gestellt hatte, waren mit Gästen dicht besetzt. Auf einem der Gartenstühle sah Klara einen Herrn, der ihnen den Rücken zukehrte. Seine Gestalt und sein Spazierstock kamen ihr jedoch sehr bekannt vor.

Moorheim überlegte kurz. „Sollen wir uns zu ihm gesellen? Wenn Sie sich so verhalten, als kennten Sie ihn nicht, dann wird er glauben, ich ließe keine Gelegenheit aus, mich zu amüsieren."

„Nein", sagte Klara, „das kann ich nicht tun."

„Sie haben recht, das war eine dumme Idee. Es würde Ihrem Ruf schaden."

„Darum geht es nicht. Hinderlingen weiß inzwischen, dass ich ihn erkannt habe."

„Dann darf er uns nicht zusammen sehen." Moorheim zog Klara schnell noch weiter zurück, bis sie von einem Busch verdeckt wurden. Die Gouvernante berichtete ihm von ihrem Zusammenstoß mit dem falschen Baron.

„Was haben Sie sich nur dabei gedacht?"

„Nicht viel", gab Klara zu, „ich war so wütend."

„Haben Sie etwa gesagt, dass ich hinter ihm her bin?"

„Ich habe Sie nicht erwähnt." Klara zögerte. „Aber ich habe angedeutet, dass er sich nicht zu sicher fühlen soll."

„Tja", meinte Moorheim mit einem frustrierten Unterton, „dann brauche ich mich nicht länger zu wundern, warum er so vorsichtig ist."

„Tut mir leid", sagte Klara kleinlaut.

„Das nützt jetzt auch nichts mehr." Moorheim kickte einen Stein weg.

Beide schwiegen. Klara fühlte sich, als sei sie wieder sechs Jahre alt und hätte beim Weihnachtsfest Schokoladentorte auf ihrem neuen Kleidchen verteilt. Ihre Blicke wichen Moorheim aus und entdeckten dafür Theodora auf dem Landungssteg einer Bootsvermietung. Sie schien sich prächtig bei ihrer Unterhaltung mit zwei jungen Herren zu amüsieren, die ihr aus einer Papiertüte gebrannte Mandeln anboten.

„Das geht ja gar nicht." Sämtliche Instinkte der Gouvernante schlugen Alarm. Klara ließ Moorheim einfach stehen und eilte hinüber zu ihrem Schützling. Als sie den Steg betrat, bellte Frou frou kurz und die drei jungen Leute sahen in Klaras Richtung. Den Bootsvermieter, der diensteifrig auf sie zutrat, schob die Gouvernante einfach beiseite. Die beiden jungen Herren sprangen schnell in einen der Kähne und ruderten davon. Theodora schaute Klara trotzig entgegen.

„Wo sind Adalbert und Lichtblau abgeblieben?" Klara bemühte sich um einen ruhigen Tonfall.

Das Mädchen wies auf die Lahn hinaus. „Die wollten Richtung Dausenau rudern."

„Und warum bist du nicht mitgefahren?"

Theodora blies die Backen auf. „Da gibt es Mücken."

„Lichtblau hätte nicht erlauben dürfen, dass du allein hier bleibst."

„Ich war ja nicht allein!"

„Das habe ich gesehen", sagte Klara erbost. „Was hast du Lichtblau erzählt?" Sogar ein so weltfremder Hauslehrer wie ihrer musste wissen, dass man ein junges Mädchen nicht einfach sich selbst oder unbekannten Jünglingen überließ.

„Ich habe ihm gesagt, dass mir die beiden jungen Herren bereits auf dem letzten Kurball vorgestellt worden sind und dass Maman sie kennt."

Klara seufzte. „Aber das ist natürlich nicht der Fall."

„Wir hätten es auf dem nächsten Ball nachgeholt."

„Theodora, du willst doch einen Bräutigam finden, der es ernst meint."

„Aber wir haben uns doch nur unterhalten." Klara hörte an Theodoras Tonfall, dass das Mädchen langsam zur Einsicht gelangte. In der Ferne ertönte leises Donnergrollen.

„Komm mit", sagte die Gouvernante, „wir gehen jetzt nach Hause."

„Aber Adalbert und Lichtblau ..."

„Der Bootsvermieter wird es ihnen ausrichten."

Während die beiden Frauen über den Steg zurück zum Ufer gingen, hielt Klara heimlich Ausschau nach Moorheim. Er war verschwunden. Einerseits war sie erleichtert darüber, so musste sie Theodora nicht erklären, warum sie ebenfalls mit einem Mann unterwegs gewesen war, den sie kaum kannte. Andererseits bedauerte sie, dass sie sich in unguter Stimmung getrennt hatten. Auch wenn die Bekanntschaft ohne irgendeine Bedeutung war, es hatte Spaß gemacht, mit ihm zu plaudern.

Sie betraten den „Russischen Hof" kurz bevor das Unwetter losbrach. „Gut, dass Sie zurückkommen", sagte der Portier, der den beiden Frauen die Tür aufhielt. „An solch einem schwülen Tag fallen die Gewitter immer besonders heftig aus."

„Aber mein Bruder ist mit seinem Hauslehrer noch auf der Lahn unterwegs", sagte Theodora erschrocken.

Klara legte ihr die Hand auf den Arm. „Lichtblau wird schon auf ihn aufpassen."

Der Portier schaute ernst. „Bei Gewitter ist der Fluss nicht gerade der sicherste Aufenthaltsort." Ein Donnerschlag ließ das Gebäude erbeben.

„Maman fürchtet sich, wenn es gewittert, ich sollte zu ihr gehen."

„Tu das!", Klara nickte Theodora zu, „ich komme gleich nach."

Ein Herr eilte im Laufschritt die Eingangstreppe herauf und der Portier öffnete ihm schnell die Glastür. Dann stürzte der Regen wie eine massive Wand aus Wasser herab.

Wo waren Adalbert und Lichtblau?

„Es nützt nichts, wenn Sie hier warten", sagte der Portier zu Klara und rückte eine Topfpflanze, die unter dem Vordach des Hoteleingangs stand, etwas näher zur Wand. „Ich lasse Sie sofort benachrichtigen, wenn ich etwas von dem Jungen oder seinem Hauslehrer höre."

Klara ging hinauf.

Während der Regen gegen die Fensterscheiben prasselte, verschwanden zwar Frau Rotherbruchs Kopfschmerzen, aber gleichzeitig wuchsen ihre Sorgen um

Adalbert. Klara versuchte, sie mit einer Plauderei über die bevorstehende Operettenaufführung des Herrn Offenbach abzulenken, aber die Bankiersgattin war nicht bei der Sache. Abwechselnd klagte sie um ihren Sohn und schimpfte über Lichtblaus Unzuverlässigkeit.

Glücklicherweise wurden sie bald erlöst. Ein Page schob den tropfnassen Adalbert durch die Tür der Suite, wo er von seiner Mutter und seiner Schwester abgeküsst und umarmt wurde.

„Wo ist sein Lehrer?" Klara schaute an dem Pagen vorbei, aber Lichtblau war nirgends zu entdecken.

„Der ist beim Arzt, gnädige Frau", sagte der junge Mann. „Der Herr, der den Jungen herbrachte, sagte, dass er dafür gesorgt habe, dass man sich um den Hauslehrer kümmert."

„Was ist ihm zugestoßen?", fragte Klara erschrocken. So sehr sie sich auch über Lichtblaus verantwortungsloses Benehmen ärgerte, einen Unfall hatte sie ihm nicht an den Hals gewünscht.

Der Page zuckte mit den Schultern. „Das sagte der Herr nicht. Er war in Eile. Ich nehme an, er wollte sich schnell umziehen – immerhin war er selbst triefnass."

Die ausführliche Version der Geschichte erfuhren sie von Adalbert, den seine Mutter und Klara zuerst in ein heißes Bad steckten und dann trotz seiner Proteste zwangen, sich in warme Decken zu wickeln und aufs Sofa zu legen. Der Gewitterregen hatte inzwischen aufgehört und durch die offenen Fenster strömte die erfrischte Luft herein.

„Wir waren schon fast in Dausenau, als wir es donnern hörten. Ich schlug vor, dass wir bis in den Ort weiterrudern und in einem Wirtshaus warten, bis das Gewitter vorüber ist." Adalbert nahm einen Schluck von seinem heißen Kakao. „Aber Lichtblau wollte unverzüglich umkehren, er sagte, dass sich Mutter sonst Sorgen machen würde und dass wir es zurück gut schaffen würden."

„Aber das Gewitter war schneller", warf Klara ein.

Adalbert nickte. „Es begann wie aus Eimern zu schütten und der Donner und die Blitze kamen immer näher. Ich rief Lichtblau zu, wir sollten am Ufer anlegen und irgendwo Schutz suchen, aber er wollte nicht, da schon die ersten Häuser von Bad Ems zu sehen waren."

„Dieser Dummkopf", sagte die Bankiersgattin.

Adalbert fuhr fort: „Lichtblau glaubte, dass wir schneller rudern könnten, wenn er im Boot vorne säße, also stand er auf und in dem Moment kam eine besonders kräftige Windbö. Er verlor das Gleichgewicht, das Boot kippte um und wir lagen beide im Wasser." Er blickte seine Mutter an. „Wusstest du, dass er gar nicht richtig schwimmen kann?"

„Das wundert mich jetzt auch nicht mehr."

„In dem ganzen Durcheinander dachte ich nur daran, ans Ufer zu kommen", sagte Adalbert. Erst als ich aus dem Wasser kroch, sah ich, dass Lichtblau immer noch in der Flussmitte trieb. Glücklicherweise hatte ein Herr den Unfall beobachtet. Er warf Hut, Jacke und

Schuhe von sich, sprang ins Wasser und rettete Lichtblau."

Lucille Ottilie Rotherbruch strich Adalbert über den Kopf. Ihr Gesichtsausdruck verhieß nichts Gutes für den Hauslehrer.

„Inzwischen hatten sich weitere Helfer am Ufer eingefunden", fuhr Adalbert fort. „Lichtblau schien nicht ganz bei sich zu sein und blutete aus einer Kopfwunde. Der fremde Herr ließ ihn zu einem Arzt bringen. Mich fragte er nach Name und Hotel und nahm mich dann in einer Droschke mit hierher." Er wandte sich zu Klara um. „Als er mich hier absetzte, sagte er, ich solle Fräulein Söderbaum seine besten Empfehlungen und seine Entschuldigung ausrichten."

Klara wurde rot.

„Ich sehe schon, dass Sie mit dieser Botschaft etwas anfangen können", meinte Frau Rotherbruch spitz.

10. Kapitel

Für den nächsten Tag hatten die Bankiersgattin und ihre Tochter einen weiteren Anprobetermin bei der Schneiderin vereinbart. Der Hauslehrer lag noch immer zu Bett, daher wies Frau Rotherbruch Klara an, Adalberts Unterricht zu übernehmen. „Ein wenig Geografie können Sie ihm wohl beibringen – wenigstens haben Sie das beim Einstellungsgespräch behauptet."

Der Junge zog einen Flunsch. „Ich wollte heute Vormittag mit Konni angeln gehen. Lichtblau hat es mir gestern noch erlaubt."

„Wer ist Konni?", fragte Frau Rotherbruch mit hochgezogenen Augenbrauen.

„Eigentlich heißt er Konstantin von Borodingsda"

„Bitte?"

Adalbert grinste. „Borodin."

Die Augen der Bankiersgattin weiteten sich: „Du meinst den Sohn von Fürst Borodin? Die Familie ist mit den Romanows verwandt – das ist russischer Hochadel!"

Lucille Ottilie Rotherbruch sah aus, als ob sie am liebsten Adalbert zum Angeln begleitet hätte, nur um Bekanntschaft mit Angehörigen des Zarenhauses zu machen. Aber das ging natürlich nicht. Während des Aufenthaltes im Kurbad bestanden die hochstehenden Gäste darauf, so normal wie möglich behandelt zu werden. Aufsehen zu machen war gesellschaftlich verpönt.

„Darf ich Frou frou mitnehmen?", fragte Adalbert. „Der wird Konni gefallen."

Frau Rotherbruch nickte eifrig. „Aber natürlich."

„Das ist fein", freute sich Theodora, „dann kann Klara mit zur Schneiderin kommen und sich mein Kleid ansehen."

Klara ahnte, dass ihr Vormittag jetzt mit Sicherheit aufreibender verlaufen würde, als wenn sie Adalbert in Geografie unterrichtet hätte. Sie war schon einmal mit der Schneiderin aneinandergeraten, daher hätte sie gerne auf eine erneute Begegnung verzichtet, aber natürlich gehörte es zu den Aufgaben einer Gouvernante, ihren Schützling bei der Auswahl eines Kleides zu beraten. Vor allem, da auf den Geschmack der Mutter so wenig Verlass war.

„Et bien, an den Raffungen der Polonaise möchte isch noch einige Seidenblumen anbringen", die Schneiderin zeigte auf den hinteren Teil des weiten Rockes, den eine Schleppe aus schimmernder roter Seide bedeckte. Theodora, die in dem halb fertigen Ballkleid auf einem Schemel stand, verdrehte den Kopf, um die entsprechende Stelle sehen zu können. Ihre Mutter wirkte hochzufrieden, sie saß in einem verschnörkelten Sesselchen und schlürfte den Orangenlikör, den ihr die Schneiderin zum Beginn der Anprobe gereicht hatte.

Klara wusste immer noch nicht, ob der französische Akzent der Schneiderin echt war oder ob sie ihn sich nur zugelegt hatte, um die Exklusivität ihrer Kreationen zu betonen. Egal wie es sich verhielt, sie würde sich nicht einwickeln lassen. „Wie sollen diese Blumen aussehen?"

Die zierliche Schneiderin, die mit ihrem Kleid aus dunkelblauem Atlas gerade so elegant angezogen war, dass sie ihre Kundinnen nicht ausstach, winkte ein Lehrmädchen heran, das in einem Korb verschiedene Varianten von Stoffblumen präsentierte. Mit einem schnellen Griff wählte die Schneiderin ein üppiges goldenes Arrangement. „Voilà."

Theodora machte ein erfreutes Gesicht, aber Klara schüttelte mit dem Kopf. „Das ist viel zu überladen – wir haben doch schon diese ganzen feinen Gazerüschen am Rock und die blauen Schleifchen am Oberteil."

„Was würden Mademoiselle dann empfehlen?" Die Frau nahm dem Lehrmädchen den Korb ab und hielt ihn Klara unter die Nase. Ohne hineinzuschauen meinte die Gouvernante: „Es ist ein Kleid für ein hübsches junges Mädchen und nicht für eine Matrone, die mit ihrer Robe von ihren Falten ablenken muss. Also würde ich vorschlagen, die Schleppe kommt ganz weg."

Ein dreistimmiger Protest war die Folge.

„Die rote Seide ist so schön", jammerte Theodora.

„Man soll ruhig sehen, dass wir uns das leisten können", meinte die Bankiersgattin und die Schneiderin rang die Hände.

„C'est une nécessité. Eine Polonaise ist heutzutage unerlässlich, tout Paris trägt sie."

Es wurde so unerfreulich, wie Klara vorausgesehen hatte. Das Einzige, was sie daran hinderte, einfach alles abzunicken, was die Schneiderin vorschlug und Lucille Ottilie guthieß, war der Umstand, dass sie Theodora helfen wollte. Schließlich einigten sie sich darauf, dass die Polonaise bleiben durfte, allerdings bis auf Bodenlänge gekürzt und lediglich mit Rosetten aus dem gleichen Seidenstoff verziert.

Ein ähnlicher Kampf entbrannte um den Ausschnitt.

„C'est très chic und à la mode", beharrte die Schneiderin, als Klara das schulterfreie Dekolletee beanstandete.

„Da ist doch wirklich nichts dabei, das trägt man so", sagte auch Theodora.

Klara seufzte. „Ich sage ja keineswegs, dass man das nicht tragen sollte, aber ich finde, es ist nicht ratsam, dass Theodora das trägt."

„Mais á Paris …"

„Auch in Paris werden nur die Damen schulterfrei gehen, die über die passenden runden Schultern verfügen. Aber mit Verlaub gesagt, so ein junges Mädchen wie Theodora ist einfach zu knochig."

Das junge Mädchen zog ein saures Gesicht und die Schneiderin schnappte nach Luft, aber Frau Rotherbruch nickte. „Fräulein Söderbaum hat recht, Liebes, es wird wohl noch ein paar Jahre dauern, bis du deine Schultern herzeigen kannst, so wie ich."

Als sie die Anprobe beendet hatten und Theodora wieder in ihren Alltagskleidern steckte, war Klara völlig erschöpft. Glücklicherweise schien es Frau Rotherbruch und ihrer Tochter ebenso zu gehen. Aus diesem Grunde ließen sie sich mit einer Droschke ins Hotel bringen, wo bereits die nächste Herausforderung in Form von Rudolf Lichtblau wartete.

Der mit einem dicken Kopfverband versehene Hauslehrer richtete seinen Hundeblick sofort auf Lucille Ottilie, als sie in den Salon rauschte.

„Gehen Sie mir aus den Augen!", rief die Bankiersgattin. Das Hin und Her bei der Schneiderin hatte ihren Geduldsfaden offensichtlich bis zum Zerreißen strapaziert. „Sie sind entlassen! Ich werde einen entsprechenden Brief an meinen Mann schreiben, dann bekommen Sie von ihm, was immer Ihnen an Lohn zusteht!"

Dieser Ausbruch der sonst eher phlegmatisch veranlagten Frau Rotherbruch schockierte Lichtblau derart, dass er nicht imstande war, etwas zu sagen – er konnte seine Herrin nur fassungslos anstarren.

„Verlassen Sie sofort das Zimmer!", rief diese empört, als er immer noch keine Bewegung machte.
Mechanisch stand Lichtblau auf, verbeugte sich eckig und stolperte aus dem Raum. Klara schloss die Tür hinter ihm. Sie hatte das Gefühl, dass sie etwas zu sei-

ner Verteidigung sagen sollte, aber ihr fiel schlichtweg nichts ein.

Bei seiner Rückkehr musste die Gouvernante Adalbert davon in Kenntnis setzen, dass sein Lehrer nicht mehr da war. Der Junge trug es mit Fassung. „Das war zu befürchten", meinte er. „In den Unterrichtsstunden hat Lichtblau am liebsten Minnegedichte rezitiert, und was die Trigonometrie betrifft, da konnte sogar ich ihm noch was erzählen. Wenn Vater herausgefunden hätte, wie wenig er mir beigebracht hat, dann hätte er ihn ohnehin rausgeworfen."

Am Nachmittag nahm Frau Rotherbruch mit ihren Kindern an der Landpartie einer Bekannten teil. Die Gesellschaft plante, mit mehreren Booten die Lahn abwärts zu fahren, das romantische Schweizertal bei Miellen anzuschauen und mit Kutschen zurückzufahren. Klara war nicht eingeladen.
Sie wollte stattdessen mit Frou frou einen Spaziergang unternehmen und die Ärgernisse des Vormittags vergessen. Das gestrige Gewitter hatte die Hitze hinweggefegt und durch eine frische Brise ersetzt. Inzwischen war die Sonne wieder herausgekommen und alle Farben leuchteten wie frisch gewaschen.
Als Klara mit dem Hündchen an der Leine die Hotelhalle durchquerte, winkte ihr der Portier zu. „Fräulein Söderbaum, ein Herr hat sich nach Ihnen erkundigt. Da Sie mir nicht gesagt hatten, dass ich ihn

vorlassen soll, habe ich ihm vorgeschlagen, im Kaffeehaus nebenan zu warten."

„Das haben Sie gut gemacht", sagte Klara. Frau Rotherbruch wäre sicherlich nicht begeistert darüber gewesen, dass die Gouvernante Herrenbesuch bekam.

Hans Dante Moorheim erhob sich, als er Klara sah. „Ich wollte mich erkundigen, ob mit Adalbert alles in Ordnung ist."

„Und aus diesem Grund fragten Sie beim Portier nach mir?" Klara nahm Platz. „Da hätten Sie doch auch bei seiner Mutter vorsprechen können. Aber zu Ihrer Information: Adalbert geht es so gut, dass er heute schon wieder mit einem russischen Fürsten angeln konnte."

„Dann gehe ich davon aus, dass er Ihnen die Entschuldigung für mein schlechtes Benehmen gestern übermittelt hat."

„Er nannte zwar nicht Ihren Namen, aber da ich an diesem Tag lediglich einen Herrn verärgert hatte, konnte ich die Nachricht zuordnen." Klara hob die Hand, als Moorheim etwas sagen wollte. „Ich sollte mich selbst entschuldigen. Immerhin habe ich Ihr Vorhaben gefährdet."

„Das lässt sich jetzt nicht mehr rückgängig machen und ich habe keine Lust, Ihnen deswegen zu grollen. Außerdem wollte ich Sie fragen, ob Sie Zeit haben, unseren Ausflug auf die Bäderlei fortzusetzen."

„Da ich überraschend einen freien Nachmittag bekommen habe, dürfte dem nichts im Wege stehen."

„Dann lade ich Sie zu einem Kaffee ein, und wenn wir uns gestärkt haben, gehen wir die Heinzelmänner besuchen."

Aus dem Augenwinkel sah die Gouvernante, wie ein Herr, der von hinten aussah wie der Baron von Hinderlingen, das Kaffeehaus verließ. War er es wirklich? Oder begann sie langsam Gespenster zu sehen? Bad Ems war keine Großstadt, aber es war wiederum auch nicht so klein, dass einem fortwährend die gleichen Leute über den Weg liefen. Dann dachte sie nicht mehr darüber nach, weil Moorheim wissen wollte, welche Torte sie bevorzugte.

„Ich möchte mich bei Ihnen für die Rettung unseres Hauslehrers bedanken", sagte Klara, während sie später die Römerstraße entlangspazierten. „Der arme Herr Lichtblau wurde jetzt zwar hinausgeworfen, aber wenigstens ist er noch am Leben."

„Womit bewiesen wäre, dass auch unser Streit einen Nutzen hatte: Wenn Sie mich nicht einfach stehen gelassen hätten, dann wäre ich nicht so ziellos am Lahnufer entlanggewandert und dann wäre ich auch nicht zugegen gewesen, um den armen Mann aus dem Wasser zu ziehen."

„Was werden Sie jetzt hinsichtlich des Barons von Hinderlingen unternehmen?", erkundigte sich Klara, um das Gespräch nicht zu persönlich werden zu lassen.

„Ich werde ihn weiterhin beobachten und einen Weg suchen, wie ich ihn überführen kann", Moorheim grinste. „Das Personal im „Russischen Hof" ist überaus hilfsbereit und der Portier allzeit bestens informiert."

11. Kapitel

Bereits nach den ersten hundert Metern des Aufstiegs auf die Bäderlei blieb Moorheim stehen und wischte sich mit dem Handrücken über die Stirn. „Ziemlich steil", bemerkte er und betrachtete seine Begleiterin prüfend. „Ist das für Sie in Ordnung?"

„Sie sagten doch, dass es bis zu den Heinzelmannshöhlen nicht weit sei", meinte Klara. „Lassen Sie uns bis dorthin gehen, dann kann ich heute Abend meiner Herrin erzählen, dass ich mich weitergebildet hätte."

„Und ich habe mir eingeredet, meine Gesellschaft reiche als Grund für einen Spaziergang."

„Seien Sie nicht so selbstgefällig!"

Sie gingen einige Schritte weiter.

„Wie sind Sie eigentlich dazu gekommen, ausgerechnet bei den Rotherbruchs als Gouvernante zu arbeiten?"

Klara blieb stehen. „Sie haben sich also erkundigt", stellte sie fest, denn sie hatte ihm nie den Namen ihrer Arbeitgeber verraten.

„Alte Angewohnheit", Moorheim stieg weiter, ohne sich umzusehen. „Wenn mich jemand interessiert, dann sperre ich die Ohren auf. Nebenbei gefragt: Was haben Sie vor, wenn Theodora heiratet? Neue Anstellung suchen?"

„Das geht Sie gar nichts an!" Diese ständigen Wendungen des Gesprächs ins Private waren Klara ausgesprochen unangenehm.

„Entschuldigen Sie." Moorheim stützte sich mit der Hand an einem Baumstamm ab und schaute hinunter auf Klara. „Ich weiß, dass ich manchmal impertinent bin."

„Allerdings."

Schweigend setzten sie ihren Weg fort.

„Nehmen Sie wenigstens meine Entschuldigung an?", erkundigte sich Moorheim nach einer Weile.

„Ja, wieder einmal."

An manchen Stellen hatte man den Pfad in den Fels geschlagen, damit die Kurgäste ihn halbwegs bequem und sicher begehen konnten, und obwohl der ganze Hang mit Gestrüpp und verkrüppelten Bäumen bewachsen war, sah man, wie steil er hinaufführte.

„Das dürften die berühmten Heinzelmannshöhlen sein!" Moorheim deutete auf eine schräg aufwärts verlaufende Reihe von runden Löchern in der senkrechten Felswand. Der Weg ging in eine kleine Treppe über, die dicht an diesen Höhlungen vorbeiführte.

„Wenn der Boden weicher wäre, würde ich es für Fuchsbauten halten", bemerkte Klara, die etwas enttäuscht war. Sie hatte sich die sagenumwobenen Höhlen eindrucksvoller vorgestellt.

„Pfui, seien Sie nicht so unromantisch. Sonst kommt gleich ein Heinzelmännchen und haut Ihnen seine Schaufel über den Kopf."

„Wenn ich aus dem Umfang der Höhlen auf die Körpergröße des Heinzelmanns schließen soll, dann dürfte er Schwierigkeiten haben, mit der Schaufel meinen Kopf zu erreichen."

„Was für eine unweibliche Logik", rief Moorheim mit gespieltem Entsetzen aus.

„Eine schlechte Angewohnheit von mir." Klara folgte dem Mann, der näher an die Höhlen herantrat und sich hinunterbeugte. „Sind sie bewohnt?"

„Scheint niemand zu Hause zu sein."

Frou frou schnüffelte am Felsen, sprang hinauf zu einer der Höhlen und schaute Klara fragend an.

Genau über ihnen ertönte plötzlich ein Schrei, gefolgt vom Knacken morscher Zweige und einem immer lauter werdenden Prasseln.

„Vorsicht!" Moorheim schubste Klara so unvermittelt gegen die Felswand, dass sie fast in eine der Höhlen hineinfiel. Er drückte ihren Kopf nach unten und presste sich an sie, um sie gegen die Steine abzuschirmen, die nun um sie herum niederprasselten. „Unten bleiben", murmelte er in ihr Haar, während mehrere kopfgroße Felsbrocken dicht neben ihnen herabpolterten, gefolgt von einer Lawine aus Kies und Steinen. Sie hörten einen weiteren Schrei – diesmal näher – und ein menschlicher Körper rutschte in einem Regen von Schutt an ihnen vorbei weiter den Abhang hinunter.

Nach einer gefühlten Ewigkeit wich Moorheim zurück und Klara bekam wieder Luft.

„Sind Sie in Ordnung?" Seine Stimme klang heiser.

Klara nickte, der Schreck hatte ihr die Sprache verschlagen.

„Ganz sicher?"

Moorheim streckte ihr die Hand entgegen, um ihr aufzuhelfen. Da registrierte Klara erst, dass sie inzwischen auf dem Boden saß und über und über mit Staub bedeckt war. Sie rappelte sich auf. Ihr Haarknoten war aufgegangen und der Hut lag zerdrückt in einer der Höhlen. Sie sah Moorheim an. Sein Gesicht war bleich, die Jacke mit Sand und Steinchen bedeckt.

„Mir geht es gut." Sie versuchte, den Schmutz von sich abzuklopfen. Dann wurde ihr erst klar, was soeben geschehen war. „Jemand ist abgestürzt", flüsterte sie.

Moorheim trat an den Rand des Weges und schaute nach unten. Einige Meter tiefer lag eine regungslose Gestalt zwischen dem Geröll, das sich um die Baumstämme verteilt hatte.

Klara bemühte sich, ihren eigenen Schock unter Kontrolle zu bekommen. Mit wackligen Knien gesellte sie sich zu ihrem Begleiter. „Ob er noch lebt?"

„Wir müssen es herausfinden." Vorsichtig tastete sich Moorheim über die Kante des Pfades und hielt sich an einem dürftigen Holunderbusch fest.

„Seien Sie vorsichtig", sagte Klara.

Der Mann knurrte. Mit einem trockenen Knacken brach der Ast, an dem er sich aufrecht hielt, und das lose Gestein, auf dem seine Füße standen, geriet ins Rutschen. Moorheim wurde mitgerissen, verlor das Gleichgewicht und schlitterte hilflos bergab, wobei er sich einige Male um die eigene Achse drehte. Klara war erleichtert, als sie hörte, wie er fluchte. Auf allen vieren kroch er zu dem Verunglückten hinüber, drehte den reglosen Körper vorsichtig auf den Rücken und befühlte seine Halsschlagader. „Er lebt", rief er zu Klara hinauf, „aber er ist bewusstlos", er schnüffelte, „und betrunken obendrein!"

„Ach du lieber Himmel!" Klara wusste plötzlich, weshalb ihr die karierte Jacke und das lange schüttere Haar des Bewusstlosen so bekannt vorkamen. „Ist das etwa Lichtblau?"

Moorheim schwieg verblüfft und betrachtete den Mann, der vor ihm lag, genauer. „Jedenfalls ist es derjenige, den ich gestern aus der Lahn gezogen habe. So ein Pechvogel." Er versuchte aufzustehen, sank aber mit einem Stöhnen wieder zusammen. „Ich fürchte, mein Fuß ist verstaucht."

Klara sah, dass sich auch eine lange blutige Schramme über seine Wange zog.

„Ich hole Hilfe." Sie unterdrückte ihre aufkommende Panik und lief, so schnell sie konnte, den Weg, den sie gekommen waren, wieder hinab, zurück nach Bad Ems. Einige Male wäre sie fast gestürzt, da die Baumwurzeln, die sich zwischen den Steinen hindurchwanden, tückische Stolperfallen auf dem steilen Pfad darstellten. Sie traf keinen weiteren Spaziergänger.

Erst als sie die Straße erreichte, hörte Klara das Trappeln von vielen kleinen Hufen. Eine Karawane von Kurgästen näherte sich auf ihren Eseln. So wie es aussah, hatten sie gemeinsam einen Ausflug gemacht und befanden sich nun auf dem Rückweg.

„Bitte helfen Sie mir!" Sie fuchtelte mit den Armen und warf sich zwischen die Reiter.

„Du liebe Güte, was ist denn los?" Einem schmächtigen Kurgast war es gerade noch gelungen, seinen Esel zum Stehen zu bringen. Er musterte die Frau besorgt durch seine runden Augengläser.

„Ich brauche Hilfe! Oben bei den Heinzelmannshöhlen gibt es zwei Verletzte!"

Andere Ausflügler drängten sich näher, Rufe ertönten, die Karawane stockte.

Der Anführer der Eselstreiber war nun auch aufmerksam geworden und drängte sich durch die Versammlung von Menschen und Tieren. „Was ist hier los? Herr Offenbach, belästigt Sie diese Frau?"

„Mir scheint, die Dame sucht dringend Hilfe für Leute, die verunglückt sind." Sein Akzent verriet, dass er lange in Frankreich gelebt hatte.

„Wir brauchen einen Arzt!", stieß Klara hervor, die nun wieder etwas zu Atem gekommen war. „Es gab eine Geröll-Lawine, ein Mann ist bewusstlos und ein anderer hat sich den Fuß verstaucht."

„Da müssen wir doch etwas unternehmen." Der Herr auf dem Esel sah ratlos den Anführer der Karawane an. „Mon dieu", ertönte eine Frauenstimme von der Seite und fuhr in französischer Sprache fort: „Bitte unternimm etwas, Jacques, damit ich endlich von diesem Tier herunterkomme. Dieser Staub legt sich auf meine Stimmbänder."

„Natürlich Zulma."

Ein Mann drängte seinen Esel heran. „Ich bin Arzt", sagte er zu dem Eselstreiber. „Wenn Sie mir ein paar kräftige Leute geben und Tiere, damit ich die Verletzten bergen kann, dann übernehme ich das."

„Mon cher Wilhelm, vous êtes un vrai héros." Die Dame, die den Schleier an ihrem Hut so herabgezogen hatte, dass man ihr Gesicht nicht sehen konnte, streckte eine Hand aus und der Arzt küsste ihre Fingerspitzen. „Um Ihre Bewunderung zu erringen, würde ich alles tun."

Der schmächtige Herr verdrehte die Augen hinter seiner Brille.

Einige Eselstreiber erklärten sich bereit, bei der Rettungsaktion mitzuwirken, und auch aus der Gruppe der Ausflügler meldeten sich weitere Helfer. Andere Kurgäste stellten ihre Reittiere zur Verfügung. In kürzester Zeit war der Rettungstrupp bereit.

Klara wollte ihm folgen, als er sich aufmachte, aber einer der Männer hielt sie zurück. „Gute Frau, Sie bleiben besser hier unten."

„Aber ich …"

„Wir kennen uns hier bestens aus, machen Sie sich keine Sorgen. Sie sollten Ihr Hotel aufsuchen, wir bringen Ihren Gemahl dann dorthin."

„Er ist nicht mein Ehemann."

Der Herr auf dem Esel schaute Klara aufmerksam durch seinen Kneifer an und ihr wurde plötzlich bewusst, wie sie aussehen musste: ohne Hut, verschwitzt, das Haar aufgelöst und die Kleidung von oben bis unten mit Staub bedeckt. Einige Steinchen waren in ihren Kragen gefallen und scheuerten jetzt auf dem Rücken.

„Gute Frau, Sie sollten sich dringend ausruhen." Der fremde Herr kletterte von seinem Esel und wandte sich an den Treiber, der neben ihm stand. „Rufen Sie uns eine Droschke, wir bringen die junge Dame in ihr Hotel und fahren dann nach Hause."

Der Eselstreiber nickte und schickte einen der Jungen los, die den Ausflüglern gefolgt waren. Dann half er der verschleierten Reiterin von ihrem Grautier herunter. „Sie haben mich gerettet!", vertraute sie Klara mit klangvoller Stimme auf Französisch an. „Ich konnte förmlich spüren, wie sich dieser ganze Staub in meinem Hals angesammelt hat. Wie soll ich in diesem Zustand einen einzigen Ton herausbringen?"

Klara war immer noch viel zu verwirrt und erschöpft, um die Dinge richtig einordnen zu können. Als die Droschke eintraf, ließ sie sich in die Polster sinken und schloss die Augen.

„Fräulein Söderbaum, was ist denn mit Ihnen passiert?" Der Portier des „Russischen Hofs" hatte den

Kutschenschlag geöffnet, um den Insassen herauszuhelfen, und konnte bei Klaras Anblick einen entsetzten Ausruf nicht unterdrücken.

„Soweit ich mitbekommen habe, ist sie bei den Heinzelmannshöhlen in eine Steinlawine geraten." Der Herr mit den Augengläsern stützte Klara, während sie auf den Metalltritt kletterte, der außen an der Kutsche angebracht war. „Bitte sorgen Sie dafür, dass sie ohne weitere Gefahren in ihr Zimmer gelangt."

„Selbstverständlich." Der Portier reichte Klara die behandschuhte Hand und brachte es gleichzeitig fertig, eine Verbeugung in Richtung des schmächtigen Herrn zu machen. „Da können sich der Herr Offenbach sicher sein."

Während Klara am Arm des Portiers die Treppe hinaufhumpelte, sickerte das Erlebte langsam in ihr Bewusstsein. „Dieser Herr, der mich hierhergebracht hat …"

„Ja, Fräulein Söderbaum", der Portier grinste über das ganze Gesicht, „das war der Herr Jacques Offenbach, der berühmte Komponist."

Klara blieb stehen, vor ihren Augen drehte sich plötzlich alles. „Ich habe mich ihm praktisch vor die Füße geworfen."

„Da sind Sie nicht die Einzige."

„Aber ich habe ihn nicht erkannt."

„Fräulein Söderbaum!", der Portier starrte sie an, „damit dürften Sie hier in Bad Ems tatsächlich die Einzige sein."

Klara wurde rot. „Diese Dame, die bei ihm war …"

„Ist eine Sängerin und obendrein seine Geliebte."

In ihrem Zimmer angekommen, konnte Klara kaum noch einen Fuß vor den anderen setzen. In ihrem Kopf drehte sich alles. Sie warf sich aufs Bett. Als ihr Haar das Kissen berührte, schreckte sie wieder hoch. Frou frou!

Das Hündchen war verschwunden. Sie hatte es zuletzt bei den Heinzelmannshöhlen gesehen und erst jetzt fiel ihr auf, dass es weg war. Sie musste unbedingt etwas unternehmen. Während sie noch auf der Bettkante saß und darauf wartete, dass sich der Nebel in ihrem Gehirn lichtete, wurde die Tür aufgerissen und Frau Rotherbruch stürmte herein. „Um Gottes willen, was ist Ihnen zugestoßen?"

Klara schüttelte müde mit dem Kopf. „Bitte beruhigen Sie sich. Frou frou ist sicher …"

Die Bankiersgattin hörte ihr gar nicht zu. „Als wir zurückkamen, waren Sie nicht da. Und man konnte uns nur sagen, dass Sie zu einem Spaziergang aufgebrochen waren, womöglich in Herrenbegleitung, aber keiner wusste etwas Genaueres. Was da hätte passieren können – und es ist ja wohl auch etwas passiert." Sie musterte die ramponierte Gouvernante genauer. „Hat Sie jemand angegriffen, ist der Herr zudringlich geworden, hatten Sie einen Unfall? Sie geben wirklich kein gutes Vorbild ab."

Als Klara glaubte, sie könne diese Tirade nicht mehr länger anhören, ohne dass ihr der Kopf platzte, klopfte es. Der Page brachte eine offene Kiste, in der Frou frou saß, und reichte Klara einen Brief. „Das hat ein Bote für Sie abgegeben."

Moorheim benachrichtigte Klara in ein paar Zeilen, dass er in Sicherheit war:

Während ich auf dem Berg unsere Rettung erwartete, tauchte plötzlich Ihr Hündchen bei uns auf. Ich werde ihn zusammen mit diesem Schreiben in Ihr Hotel schicken. Der Hauslehrer hat wieder einmal Glück im Unglück gehabt, seine Verletzungen sind schwer, aber nicht lebensgefährlich. Ein Arzt hat ihn versorgt und erst einmal mit zu sich genommen. Ich selbst habe mir den Fuß gehörig verstaucht, aber ich werde auch überleben.

Klara seufzte erleichtert und ließ das Blatt sinken. Frau Rotherbruch sah sie neugierig an.

„Alles in Ordnung", sagte die Gouvernante und verlor das Bewusstsein.

12. Kapitel

Am nächsten Tag schlief Klara bis in den Vormittag hinein. Sie erwachte davon, dass Frou frou auf ihre Bettdecke sprang und entdeckte überrascht, dass die Sonne schon so hoch am Himmel stand, dass sie in den Hinterhof und durch die fadenscheinigen Vorhänge bis in ihr Zimmer schien.

Das Hündchen kläffte, als sich Klara im Bett aufsetzte. Dann sprang es wieder zu Boden, lief zu der Kiste, in der es gestern gebracht worden war, und holte ein Objekt, das es auf dem Bettvorleger fallen ließ. Schwanzwedelnd schaute der kleine Spitz zu Klara auf.

„Was hast du da?" Die Gouvernante schwang die Beine aus dem Bett. „Ist das etwa ein Knochen?" Das schmutzige Teil sah tatsächlich wie ein Gelenk aus, das man von einer Rinderkeule abgebrochen hatte. Sie wollte es angeekelt genauer in Augenschein nehmen, aber da klopfte es und Theodora trat ein.

„Ich wollte nur kurz nach Ihnen sehen." Das Mädchen streichelte Frou frou.

Klara schlüpfte in ihre Pantoffeln. „Es geht mir gut. In einer Viertelstunde kann ich meinen Dienst antreten."

Theodora zog sich zurück.

Gerade als sich Klara angekleidet hatte, schaute Frau Rotherbruch ins Zimmer. „Ich bin davon ausgegangen, dass Sie noch im Bett liegen", meinte sie und musterte ihre Angestellte kritisch. „Ich würde es nicht gerne erleben, dass Sie vor Schwäche zusammenklappen."

„Ich versichere Ihnen, es geht mir schon wieder gut."

„Wie dem auch sei, ich gehe jetzt mit Theodora zu einer Anprobe."

Klara verstand. Frau Rotherbruch zog es vor, die Schneiderin alleine mit ihrer Tochter aufzusuchen, um eine Wiederholung der ermüdenden Szenen vom letzten Mal zu vermeiden. Da die Gouvernante nicht widersprechen konnte, ohne ihrer Herrin zu unterstellen, dass sie nicht in der Lage sei, alleine mit einer Nähkünstlerin zurechtzukommen, schwieg sie lieber.

„Erholen Sie sich", wiederholte Lucille Ottilie. „Frou frou kann doch sicher bei Ihnen bleiben. Bei der Anprobe würde er nur stören." Damit zog sie die Tür hinter sich zu.

Klara griff nach Moorheims Brief, der immer noch auf dem Nachttischchen lag. Zwar schien es die Bankiersgattin nicht zu interessieren, aber Klara sah es als ihre Pflicht an, sich nach dem Zustand des früheren Hauslehrers zu erkundigen.

Als sie den Portier befragte, wo Lichtblau abgeblieben sein könnte, meinte dieser: „Die Stadt ist gerade dabei, ein Dienstbotenhospital einzurichten. Es ist zwar offiziell noch nicht in Betrieb, aber das Gebäude existiert schon. Wenn der Verletzte nirgendwo anders unterkommen kann, dann wird er wahrscheinlich dort versorgt." Er gab Klara die Adresse.

„Wie geht es Frau Rotherbruch?" Lichtblaus Gesicht war grün und blau, mitten auf seiner Stirn klebte ein großes Pflaster. Seine etwas feuchten braunen Augen, die Klara immer an einen Spaniel erinnerten, richteten sich wieder auf die Tür. Glaubte er etwa, die Bankiersgattin würde ihn besuchen?

„Sie ist mit Theodora bei der Schneiderin", sagte Klara und platzierte das Körbchen mit den Himbeeren, das sie unterwegs erstanden hatte, auf der Bettdecke.

„Ich kann nichts essen", stöhnte Lichtblau.

Der junge Arzt, der die Bauarbeiten im Haus beaufsichtigte, sich um die Einrichtung kümmerte und gleichzeitig den Patienten versorgte, hatte Klara mitgeteilt, dass sich der Hauslehrer eine Gehirnerschütterung zugezogen habe und neben einigen ungefährlichen Prellungen und Schürfungen auch ein Bein und einige Rippen gebrochen seien. Zusammen mit dem Kater, den er obendrein noch haben dürfte, erschien es verständlich, dass ihm der Appetit vergangen war. Klara nahm sich selbst eine Himbeere. „Wie haben Sie das nur gemacht?"

Lichtblau stöhnte wieder. „Es war so ein Schock, dass Frau Rotherbruch sagte, ich solle gehen – auch wenn sie das sicher nicht ernst meinte. Um wieder zu mir zu kommen, bin ich herumgewandert. Irgendwann stellte ich fest, dass ich auf dem Gipfel der Bäderlei angekommen war. Ich hatte Durst, deswegen bin ich im Concordiaturm eingekehrt." Der Lehrer sah Klara treuherzig aus seinen Spanielaugen an. „Es waren sicher nicht mehr als zwei oder drei Biere. Dann habe ich mich auf den Rückweg gemacht. Am Aussichtspunkt unterhalb der Mooshütte habe ich mich etwas ausgeruht."

Er war auf einer der Bänke eingeschlafen, und als er erwachte, sah er, wie ein vornehm gekleideter Herr über das Geländer stieg und mit seinem Spazierstock in den Felsen am Abhang herumstocherte.

Noch nicht ganz bei sich, hatte Lichtblau dem Herrn zugerufen, dass er das unterlassen solle. Da dieser nicht auf ihn hörte, war der Hauslehrer näher getreten und hatte entsetzt festgestellt, dass schon die ersten Steinbrocken hangabwärts rollten.

„Ich wollte ihn lediglich ersuchen, dort wegzugehen", sagte Lichtblau empört. „Aber er griff nach meinem Kragen, zerrte mich über die Absperrung der Aussichtsplattform und schlug mir das Ende seines Spazierstockes auf den Kopf. Dann weiß ich nichts mehr, bis ich hier aufgewacht bin." Er blickte mutlos auf die frisch verputzte Wand gegenüber seiner Pritsche. „Und alles ist aus", fügte er dramatisch hinzu.

„Ich könnte Ihre Familie benachrichtigen", schlug Klara vor, „die schicken sicher jemanden, der Sie hier herausholt." Im Hospital blieben schließlich nur die Leute, die keine Verwandten hatten und die keinen

Pfleger bezahlen konnten, der sich zu Hause um sie kümmerte.

Lichtblau stöhnte wieder. „Mutter war so froh, dass ich endlich eine Stelle gefunden hatte, und Vater hält mich ohnehin für einen Versager, der endlich lernen muss, auf eigenen Füßen zu stehen."

Klara verkniff sich eine Bemerkung darüber, dass sich das Auf-eigenen-Füßen-Stehen bei einem gebrochenen Bein etwas schwierig gestalten würde. „Es ist nicht Ihre Schuld, dass Sie hier liegen."

„Trotzdem. Ich habe immer noch Hoffnung, dass Frau Rotherbruch ..."

Klara schüttelte entschieden mit dem Kopf. Sie hielt nichts davon, sich an vage – und in diesem Falle absolut unbegründete – Hoffnungen zu klammern. „Schauen Sie nach vorne. Ich bin sicher, dass Sie von Frau Rotherbruch nichts erhoffen können."

Lichtblau schloss die Augen. „Gehen Sie, lassen Sie mich endlich allein!"

Draußen holte Klara erst einmal tief Luft. Nach ihrem Dafürhalten war nahezu jeder andere Platz auf Erden besser als ein Krankenbett. Sie überlegte, ob sie trotz Lichtblaus Widerstand an seine Eltern schreiben sollte. Andererseits: Warum sollte sie seine Wünsche nicht respektieren?

Dem Jungen, der auf Frou frou aufgepasst hatte, während sie im Spital gewesen war, gab sie eine kleine Münze und setzte dann ihren Weg mit dem Hündchen fort.

Der Gedanke an Moorheim streifte sie. Ihm hätte Klara gerne einen Krankenbesuch abgestattet, aber sie wusste nicht, wo er wohnte. Er hatte zwar einmal erwähnt, dass er bei Bekannten untergekommen sei, die hier in Bad Ems ihren dauerhaften Wohnsitz aufgeschlagen hatten, aber wie die Leute hießen oder wie ihre Adresse lautete, darüber schwieg er sich aus. Sie hatte auch nicht weiter gefragt. Schließlich tauchte der Mann ohnehin fortwährend in ihrem Gesichtsfeld auf.

Da das Wetter so schön war, spazierte die Gouvernante mit Frou frou ausgiebig durch den Kurpark und machte sich dann wieder auf den Weg ins Hotel – schließlich hatte sie zur Verfügung zu stehen, wenn Frau Rotherbruch und ihre Tochter von der Schneiderin zurückkehrten.

Der Portier öffnete die Glastür, als sie mit dem Hündchen auf dem Arm die Eingangstreppe hinaufstieg. „An der Rezeption liegt ein Brief für Sie." Er grinste verstohlen, als er hinzufügte. „Der Page vom Hotel ‚Stadt Wiesbaden' hat ihn gebracht."

Klara ließ sich das Schreiben aushändigen und ging hinauf in ihr Zimmer. Der Name des Hotels sagte ihr ebenso wenig wie die Handschrift auf dem Umschlag. Sie öffnete den Brief und fand eine Einladungskarte vor.

Ich würde mich freuen, Sie am kommenden Sonnabend, dem 20. Juni, um 20 Uhr zur Aufführung meiner beiden Einakter „Le mariage aux lanternes" und „Ba-ta-Clan" im Marmorsaal zu begrüßen.

Die Unterschrift war etwas verwischt, aber Klara konnte sie dennoch enträtseln. Ihr wurde erst heiß und dann kalt. Danach fiel ihr ein, dass sie nichts anzuziehen hatte.

„Wir haben beschlossen, die Schleifen, die ursprünglich aus blauer Seide sein sollten, aus Goldborte anfertigen zu lassen", sagte Frau Rotherbruch.

„Mit einer klitzekleinen Goldblüte in der Mitte", fügte Theodora hinzu, „das sieht so süß aus und ist der Dernier Cri in Paris!"

„Ich habe auch noch ein Gesellschaftskleid für mich selbst in Auftrag gegeben – magentafarbene Seide." Die Bankiersgattin raschelte in den Modejournalen, die den Tisch im Salon bedeckten. „Es wird zwar nicht mehr rechtzeitig für die Operettenpremiere fertig, aber das macht nichts. Ein Kleid für festliche Gelegenheiten kann man immer brauchen." Klara wusste, dass die Bankiersgattin schon mindestens drei solcher Kleider besaß, die sie nie getragen hatte. Jetzt kam also noch eines dazu.

„Sie sehen wieder gesund aus", fuhr Lucille Ottilie nach einem flüchtigen Seitenblick auf Klara fort. „Das ist gut, denn bis Friedrich Wilhelm einen neuen Lehrer aus Frankfurt schickt, werden Sie Adalberts Unterricht übernehmen. Das dürfte doch für Sie kein Problem sein – oder?"

Klara beeilte sich zu versichern, dass das wirklich kein Problem sei.

Die Bankiersgattin nickte zerstreut und gähnte. „Dann fangen Sie an! Der Junge hat lange genug gefaulenzt." Sie wedelte mit der Hand und Klara machte sich auf die Suche nach ihrem neuen Schüler.

13. Kapitel

Du hast Glück, dass Maman Lichtblau hinausgeworfen hat. So kann er Vater nichts mehr erzählen." Theodora zog Adalbert das Buch weg, in dem er gerade gelesen hatte. Der Junge ruderte mit den Armen, aber die seiner Schwester waren länger. Klara machte der Sache ein Ende, indem sie Theodora das Buch abnahm. „Was kann Lichtblau eurem Vater nicht mehr erzählen?"

Die beiden Geschwister saßen an dem großen Schreibtisch in Adalberts Zimmer, das gleichzeitig als Unterrichtsraum diente.

„Das muss er Ihnen schon selbst sagen", Theodora lächelte unschuldig.

„Petze", knurrte Adalbert.

Klara musste mehrmals nachfragen, bis der Junge berichtete, dass ihn Lichtblau vor einigen Tagen aus dem Tabakladen an der Römerstraße abholen musste. „Der Ladenbesitzer hat geglaubt, ich wollte etwas stehlen, aber ich habe nichts aus den Zigarrenkisten herausgenommen. Ich habe sie nur aufgemacht und hineingeschaut."

„Warum das denn?"

„Ich habe gedacht, dass möglicherweise eine exotische Spinne oder ein Käfer drinsitzt. Angeblich werden die aus Versehen manchmal mit eingepackt und nach Deutschland verschickt."

„Und das hat dir der Tabakhändler nicht geglaubt?"

Adalbert nickte. „Lichtblau auch nicht. Er sagte, ich hätte den Ladenbesitzer ja vorher fragen können."

„Da ist was dran", meinte Klara, „warum hast du das nicht getan?"

„Als ich hereinkam, war der Mann gerade mit einem Kunden beschäftigt. Als der fertig war, erschienen neue Leute und verlangten eine Zigarrensorte, die er aus dem Lager holen musste. Also ging er nach hinten und die beiden Männer im Laden haben angefangen, sich miteinander zu streiten. Da habe ich mich hinter dem Verkaufstresen versteckt."

Klara nickte.

„Ich glaube, der Ladenbesitzer ist extra lange weggeblieben, weil es peinlich war, da zuzuhören. Immerhin handelte es sich um Verwandte, die sich übel beschimpften."

Klara musste sofort an Ignatz und Walther von Paumeck denken. „Kanntest du einen der Herren?"

Adalbert nickte. „Der Jüngere, das war derjenige, der Theodora den Hof machen wollte. Er war ziemlich wütend, weil der Ältere ihm vorhielt, er würde seine Familie ruinieren. Am Ende warf er ihm eine weiße

Murmel zu und sagte: Versuch dein Glück doch auch einmal! Vielleicht hilft es den Familienfinanzen."

„Und was geschah dann?"

„Ich schaute vorsichtig um die Ecke des Tresens. Ich hoffte, dass endlich neue Kunden kämen und dass ich mich dann unbemerkt rausschleichen könnte."

„Aber das hat nicht geklappt!"

„Nein", gab Adalbert zu. „Der junge Herr ist hinausgestürmt und dann kam der Ladenbesitzer mit einer Zigarrenkiste in den Verkaufsraum. Der Alte hat die Einkäufe bezahlt und dann auch das Geschäft verlassen. Die Murmel, die der andere ihm zugeworfen hatte, blieb auf dem Tresen liegen. Der Ladenbesitzer sah das und ist ihm nachgelaufen, um ihm die Kugel zu bringen. Da wollte ich die Gelegenheit nutzen und verschwinden."

„Und?"

Adalbert zog eine Grimasse. „An der Tür bin ich mit dem Ladenbesitzer, der schon wieder zurückkam, zusammengestoßen. Er hat mich sofort festgehalten und in den Laden gezerrt. Glücklicherweise kamen dann neue Kunden und er hat mich seiner Frau übergeben. Die konnte ich überreden, Lichtblau holen zu lassen." Der Junge schaute zerknirscht. „Er hat mir schon eine Strafpredigt gehalten."

„Du meinst, dann kann ich mir die Mühe sparen?" Klara konnte ein Lächeln nicht unterdrücken.

Theodora kicherte.

„Das war gar nicht lustig", sagte Adalbert. „So, wie die beiden gestritten haben – so voller Hass ... Das hat mir Angst eingejagt."

„Pffff", machte seine Schwester und sah ihn von oben herab an, aber Klara verstand den Jungen. Offensichtlich hatte ihm das, was er beobachtet hatte, mehr zugesetzt als das Ertapptwerden durch den Ladenbesitzer.

Am Abend stand Klara vor ihrem Kleiderschrank und dachte an ihren letzten Operettenbesuch. Das war in Hamburg gewesen, nur wenige Tage vor der Katastrophe. Damals war es auch für sie selbstverständlich gewesen, sich für jeden Auftritt in der Gesellschaft ein neues Kleid anfertigen zu lassen. In ihrem neuen Leben musste das alte Schwarzseidene genügen. Wenn sie an den Enden der Ärmel Spitzen annähte, dann würde hoffentlich niemand sehen, wie abgestoßen die Manschetten waren. Klara drückte die Schranktür zu und ging ins Bett, während sie weiter überlegte. Sollte sie vielleicht doch besser eine Schneiderin damit beauftragen, das Kleid in Ordnung zu bringen? Konnte sie sich das leisten? Klara wusste, wie die Antwort auf diese Frage lautete. Ihre Ersparnisse würden ihr diese Ausgabe zwar erlauben, aber sie würde das finanzielle Polster schmälern, das sie dringend anlegen musste, um Zeiten ohne Anstellung und Verdienst zu überstehen. Sie wälzte sich hin und her und war schließlich richtiggehend wütend auf den nichtsahnenden Komponisten, der ihr mit der Einladung doch eine Freude hatte bereiten wollen.

Als sie gewaltsam alle Gedanken über das Kleid aus ihrem Kopf verbannte, kam ihr Adalberts Bericht von seinem Erlebnis bei dem Tabakhändler wieder in den Sinn. Eigentümlich, dass sich ein Großvater und sein Enkel so schlecht verstanden, dass sie sogar in der Öffentlichkeit miteinander stritten. Klara dämmerte weg. Sie sah vor sich, wie Walther von Paumeck eine weiße Kugel warf, die aussah wie eine Murmel, aber sein Großvater fing sie nicht auf, sie drang in seine Brust ein. Ignatz von Paumeck fiel hintenüber und schlug auf dem Steinboden des vornehmen Tabakladens auf. Sein Hemd färbte sich rot.

Klara schreckte auf. Was für ein widersinniger Traum. Sie schüttelte im Dunkeln den Kopf. Schließlich war Walther tot, nicht Ignatz. Sie ließ sich wieder in die Kissen sinken.

Eine weiße Kugel, die aussah wie eine Murmel. Klara hatte Frau Rotherbruch und Theodora gelegentlich zu kleineren Veranstaltungen im Marmorsaal begleitet. Dort stand auch der Roulettetisch, an dem jeden Abend fantastische Geldsummen verspielt und gewonnen wurden. Die elfenbeinerne Roulettekugel sah aus wie eine weiße Murmel. Klara setzte sich im Bett auf. Hatte Walther von Paumeck seinem Großvater eine Roulettekugel zugeworfen? Dann ergab auch seine Aufforderung, Ignatz solle sein Glück versuchen, einen Sinn.

War das vielleicht die Kugel, mit der er selbst später erschossen worden war? Jetzt konnte sie erst recht nicht mehr schlafen.

14. Kapitel

An der üblichen Vormittagspromenade der Gouvernante und ihres Schützlings nahmen am nächsten Tag auch die Bankiersgattin und Adalbert teil. Der Junge tobte mit Frou frou herum und tat, als ob er nicht zu den Frauen gehörte. Lucille Ottilie Rotherbruch stolzierte mit einem hochmodernen Hütchen, etwas zu viel Schmuck und ihrer Tochter voran. Klara bildete den schlichten Hintergrund.

Bei ihrer Rückkehr trafen sie in der Hotelhalle auf das Lehrmädchen der Schneiderin, das gerade Theodoras Ballkleid brachte. Frau Rotherbruch gab Klara einen Wink, dem Mädchen das Kleid in der unförmigen Schutzhülle abzunehmen.

Dieses wich jedoch zurück. „Madame hat mir verboten, die Robe aus der Hand zu geben, bevor die Rechnung beglichen ist."

„Was für ein Umstand." Lucille Ottilie kramte in ihrem zierlichen Beutel und reichte Klara dann eine bestickte Geldbörse. „Erledigen Sie das." Sie hatte an der anderen Seite der Hotelhalle eine Bekannte gesehen und winkte ihr. Dann zog sie Theodora mit sich und ging hinüber.

Das Lehrmädchen überreichte Klara eine Rechnung.

Der geforderte Betrag erschien dieser reichlich hoch, aber das war nicht ihre Sache. Sie öffnete die Börse. Alles was sie vorfand, war etwas Kleingeld und mehrere große Goldmünzen. Stirnrunzelnd betrachtete sie die Rechnung. Ein Goldstück reichte nicht aus und zwei wären zu viel.

„Natürlich habe ich kein Wechselgeld", sagte das Lehrmädchen und zog die Schultern hoch.

Klara wollte sich gerade an den Hotelangestellten an der Rezeption wenden, da hörte sie eine bekannte Stimme. „Ist meine Retterin etwa in Geldnöten?" Moorheim humpelte auf einer Krücke näher.

„Natürlich nicht", sagte Klara, „ich befinde mich nur etwas in Verlegenheit, da meine Herrin mir diese unvernünftig großen Goldstücke gegeben hat, um ein Kleid zu bezahlen." Sie warf einen Blick dorthin, wo sie Lucille Ottilies etwas zu lautes Kichern hörte.

Moorheim zog seinen Geldbeutel aus der Tasche und reichte der Gouvernante einige Münzen.

„Sie haben sich wahrhaftig schnell getröstet!" Aus einem der tiefen Ledersessel, die zu Sitzgruppen angeordnet in der Hotelhalle standen, tauchte wie ein Schachtelmännchen Ignatz von Paumeck auf. Er schlug Klara mit seinem Spazierstock so hart auf die Hand, dass sie das Geld fallen ließ. „Hatte ich mich in Ihnen also doch nicht getäuscht. Dieses ehrbare Aussehen ist nur Fassade." Er wandte sich Moorheim zu. „Und Sie sollten sich schämen, das Geld Ihrer Familie für solche ... Vergnügungen auszugeben."

Klara war über sein plötzliches Erscheinen und die lauthals erhobenen Anschuldigungen so perplex, dass sie sich wie erstarrt fühlte. Ihr Gesicht brannte, als ob sie eine Ohrfeige bekommen hätte.

Jetzt mischte sich zu allem Überfluss auch noch der Baron von Hinderlingen ein. Er erhob sich von einem Sessel, der neben dem des wütenden Greises stand, und steckte eine Brieftasche ein. „Der Herr von Paumeck ist gerade etwas ungehalten, da ich ihn ersuchen musste, die Spielschulden seines Enkels zu begleichen." Mit einem ironischen Lächeln nickte er Klara zu und stieg die Treppe zum ersten Stockwerk empor.

Moorheim trat an den Greis heran und legte ihm die Hand auf die Schulter. „Ihr Alter und Ihre Trauer schützen Sie bis zu einem gewissen Grade", sagte er leise. „aber ich würde dennoch dringend empfehlen, dass Sie sich bei der Dame entschuldigen."

„Warum sollte ich?", er streifte Moorheims Hand mit angeekelter Miene ab. „Von jemandem wie Ihnen muss ich mir überhaupt nichts sagen lassen."

Der Rezeptionsangestellte hatte inzwischen den Geschäftsführer des Hotels geholt. „Beruhigen Sie sich, meine Herren. Wir wollen doch kein Aufsehen erregen. Diese Angelegenheit lässt sich sicherlich friedlich regeln."

„Ich brauche das Licht der Öffentlichkeit nicht zu scheuen", erklärte Paumeck blitzenden Auges.

Das Lehrmädchen hatte inzwischen auf dem Fußboden herumgesucht und die Münzen eingesammelt. Jetzt drückte es Klara das Ballkleid in die erstarrten Arme und wieselte davon.

„Ich bin sicher, Sie verkennen die Dame", sagte der Geschäftsführer zu Paumeck.

„Gibt es ein Problem, Fräulein Söderbaum?" Frau Rotherbruch kam nun ebenfalls hinzu. Der Streit war sogar auf der gegenüberliegenden Seite der Halle gehört worden.

„Ein Missverständnis", erklärte Hans Dante Moorheim. „Ich war Fräulein Söderbaum bei der Bezahlung des Kleides behilflich und dieser Herr hat das offenbar falsch verstanden."

Paumeck stieß ein verächtliches Schnauben aus, drehte sich auf dem Absatz herum und ging. Der Geschäftsführer des Hotels war der Ansicht, dass er hier nicht mehr gebraucht wurde und zog sich leise zurück.

„Es ist fürwahr nicht ratsam, Sie alleine irgendwelche Geschäfte abwickeln zu lassen", sagte die Bankiersgattin zu Klara. „Ihre flüchtigen Bekannten sorgen ständig für Aufsehen." Sie fixierte Hans Dante Moorheim.

Dieser wollte protestieren, aber Lucille Ottilie ignorierte ihn. „Gehen Sie mit dem Kleid nach oben, Fräulein Söderbaum, ich bin sicher, Theodora möchte es so bald wie möglich anprobieren."

15. Kapitel

Frau Rotherbruch verlor kein Wort über das bleiche Gesicht der Gouvernante, als sie in Theodoras Zimmer das Ballkleid begutachtete. „Sehr hübsch, mein Kleines. Das wird dir mit Sicherheit einige Erfolge einbringen."

Im Stillen musste Klara zugeben, dass das Kleid wirklich nicht ganz schlecht gelungen war – trotz der vielen Goldschleifen.

„Die Handschuhe fehlen noch", meinte die Bankiersgattin, „die werden einen zusätzlichen Effekt machen. Vielleicht sind sie ja auch schon fertig."

Klara war dabei gewesen, als sie die weißen Seidenhandschuhe in einem Laden in der Römerstraße bestellt hatten, und sie hatte auch gehört, wie die Verkäuferin sagte, dass sie sicherlich nicht vor dem Ende der laufenden Woche fertig sein würden. Sie erinnerte Frau Rotherbruch daran.

„Natürlich habe ich das gehört, aber die bemessen ja ihre Termine sehr großzügig. Was schadet es schon, wenn Sie einmal hinübergehen und nachfragen?"

Zwar hatte Klara prinzipiell nichts dagegen, an die frische Luft zu kommen, aber auf einen solch sinnlosen Gang geschickt zu werden, das ging ihr doch gegen den Strich. Als sie schon dazu ansetzte, etwas zu sagen, erhaschte sie einen Blick auf Lucille Ottilies Gesicht und sie erkannte, dass ihre Arbeitgeberin nur darauf wartete, dass sie sich weigerte. Dann hätte sie einen Grund, wieder auf ihr herumzuhacken. Theodora fühlte die Spannung zwischen den beiden Frauen und zerknüllte nervös einen Volant ihres neuen Kleides zwischen den Händen.

„Wenn du damit weitermachst, müssen wir jemanden holen, der das für Sonnabend neu aufbügelt", sagte Klara.

Theodora strich schuldbewusst den Rock glatt und ihre Gouvernante teilte der Bankiersgattin mit, dass sie selbstverständlich sofort den Laden der Handschuhmacherin aufsuchen würde. Frau Rotherbruch nickte gnädig und Klara stolperte aus dem Zimmer.

Auf einer Bank an der Promenade saß Hans Dante Moorheim. Als Klara aus dem Hoteleingang trat, stemmte er sich mit seiner Krücke hoch und winkte ihr zu.

„Ich bitte um Entschuldigung", sagte er, „ich hatte wahrhaftig nicht die Absicht, solch einen Aufruhr zu verursachen."

Klara sank auf die Bank und verbarg das Gesicht in den Händen. Am liebsten hätte sie geheult wie ein Küchenmädchen, das den Sonntagsbraten seiner Herrschaften auf den Boden geworfen hat. Aber das ging natürlich nicht, sie musste Haltung bewahren. Und das hätte sie auch geschafft, wenn sich Moorheim nicht neben sie gesetzt, ihr ein blütenweißes Taschentuch hingehalten und zerknirscht wiederholt hätte, dass es ihm leid täte. Sie griff nach dem Taschentuch und schluchzte fast unhörbar hinein.

„Sie müssen sich eine andere Arbeit suchen", sagte Moorheim sanft, als sie sich ein wenig beruhigt hatte.

„Es war schwer genug, diese zu finden", Klara tupfte sich die Augen ab. „Sie machen sich keine Vorstellung davon, wie aussichtslos es für eine Gouvernante ohne Erfahrung und ohne Ausbildung ist, irgendwo unterzukommen."

„Aber müssen Sie denn unbedingt als Gouvernante arbeiten?"

Klara schnäuzte sich diskret und steckte das Taschentuch ein. „Ich werde es Ihnen zurückgeben, wenn es gewaschen wurde."

„Ich hatte keine Ahnung, wie schwierig Ihre Situation …" In Moorheims Gesicht war eindeutig Mitleid zu lesen. Das konnte Klara nicht brauchen. Sie stand auf. „Ich muss gehen."

„Ich komme mit, ich will Sie jetzt nicht alleine lassen."

Trotz seines verstauchten Fußes hielt Moorheim mit ihr Schritt und wartete vor dem Handschuhladen, während Klara pflichtschuldig die Verkäuferin befragte und die erwartete Antwort erhielt.

Als sie wieder vor dem „Russischen Hof" angekommen waren, verabschiedete sich die Gouvernante. „Schauen Sie nicht so zerknirscht, ich bin überzeugt davon, dass Sie diesen unausstehlichen Paumeck nicht eigens eingeladen haben."

Moorheim stieß ein freudloses Lachen aus. „Diesem Herrn würde ich lieber im Morgengrauen mit einer Pistole in der Hand begegnen."

„Wünschen Sie sich das nicht."

„Spricht daraus die Sorge um mein Wohlergehen oder der Zweifel an meinen Fähigkeiten?"

„Dieser Alte ist unheimlich."

„Ich finde ihn nur impertinent, unhöflich und schlecht gelaunt."

Jetzt musste Klara trotz ihres Kummers leise lachen. „Wahrscheinlich haben Sie recht. Aber solch ein hasserfülltes Verhältnis, wie es zwischen ihm und seinem Enkel bestanden haben muss, das hat auch etwas Tragisches."

„Sie waren einfach beide Ekel."

„Ich glaube, da gab es mehr." Klara ging wieder zu der Bank, bei der ihr Gespräch seinen Ausgang genommen hatte, und setzte sich. Egal was Frau Rotherbruch über Trödelei und Pflichtvergessenheit sagen würde. Sie hatte das Gefühl, sie müsste Moorheim die Geschichte, die sie von Adalbert über die Begebenheit beim Tabakhändler gehört hatte, unbedingt erzählen.

Vielleicht schaffte er es, sich einen Reim darauf zu machen.

Anfangs lächelte er noch, aber als Klara von dem Streit und der Roulettekugel berichtete, wurde er ernst. „Der Ladenbesitzer hat die Kugel also an Ignatz von Paumeck zurückgegeben?"

Klara nickte. „So hat es Adalbert erzählt."

„Und Walther von Paumeck wurde mit einer Roulettekugel erschossen. Das ist schon ein eigenartiger Zufall. Vor allem wenn man bedenkt, dass man, um diese Kugel verschießen zu können, sogar eigens ein passendes Gewehr ausgewählt hat." Moorheim blickte durch Klara hindurch. „Aber zum Zeitpunkt des Mordes stand der Großvater neben dem Enkel und die beiden Männer, die sich ebenfalls auf der Terrasse befanden, können bestätigen, dass Ignatz von Paumeck keine Waffe gezogen hat. Der Schuss kam vom anderen Lahnufer – und das war eine Meisterleistung bei der Dunkelheit."

Klara hatte nur noch mit halbem Ohr zugehört. „Ich muss mich jetzt beeilen."

Der Portier öffnete die Glastür, als er sah, wie die Gouvernante die Vortreppe heraufgelaufen kam. Er hatte natürlich den Auftritt des Herrn von Paumeck miterlebt – und beschlossen, nichts darauf zu geben. „Schönes Wetter heute", sagte er fröhlich. „Hat sich inzwischen herausgestellt, wem der kleine Hund den Spazierstock entführt hat?"

Klaras erstaunter Blick zeigte deutlich, dass sie keine Ahnung hatte, wovon er redete.

„Als das Hündchen neulich abends durch den Boten ins Hotel gebracht wurde, da trug es doch einen abgebrochenen Spazierstock im Maul. Sah aus, als ob es ziemlich stolz darauf gewesen wäre." Der Mann lachte leise.

Die Bankiersgattin zeigte sich kaum noch an der Nachricht, die Klara bezüglich der Handschuhe brachte, interessiert. Gemeinsam mit Theodora begutachtete sie gerade den Inhalt ihrer Schmuckschatulle. Die Platte des Teetischchens war bedeckt mit Ringen, Ketten, Broschen, Armspangen und Ohrgehängen. Dem jungen Mädchen schien es ein granatbesetztes Collier besonders angetan zu haben.

„Was sagen Sie dazu?" Mit leuchtenden Augen hielt Theodora das Schmuckstück an ihren Hals. Eine ähnliche Kette hatte Klara auch einmal besessen. Sie hatte sie verkauft, um den Arzt zu bezahlen, der ihre Mutter behandelte, die nach dem Selbstmord ihres Gatten von einem heftigen Nervenfieber befallen worden war.

„Das Rot der Steine beißt sich mit der seidenen Polonaise."

Theodora schaute so enttäuscht, dass Klara widerwillig einen Blick in die Schatulle warf. „Was immer geht, sind Perlen", meinte sie, „ein schlichtes Halsband und für die Ohren ebenfalls Perlen. Kein Geglitzer – das erledigen schon die goldenen Schleifen am Kleid." Diesen Seitenhieb konnte sie sich nicht verkneifen.

Frau Rotherbruch fischte eine Perlenkette aus dem Gewirr der Schmuckstücke und hielt sie hoch. „Wie üblich hat Fräulein Söderbaum recht." Sie nahm ihrer Tochter das Granatcollier aus der Hand und sagte zu Klara: „Es ist zu bedauerlich, dass Sie bei der Operette nicht anwesend sein können, aber die Nachfrage nach Plätzen war so groß. Wir hatten Glück, dass wir durch die Vermittlung der Gräfin Oblowski überhaupt noch zwei bekommen konnten." Theodora warf ihrer Gouvernante einen schuldbewussten Blick zu.

Klara lächelte. „Das macht wirklich nichts aus. Ich wurde eingeladen."

Später in ihrem Zimmer bereute es Klara, dass sie die Einladung erwähnt hatte. Schließlich war sie sich noch gar nicht sicher, ob sie überhaupt hingehen wollte. Wahrscheinlich machte sie sich nur lächerlich. Allein wenn sie überlegte, über welche Möglichkeiten sie hinsichtlich ihres Kleides verfügte, wurde ihr schlecht.

„Und das geschieht mir völlig recht", sagte sie zu Frou frou, den sie zu sich genommen hatte, da Frau Rotherbruch mit Tochter und Sohn zu einer abendlichen Gesellschaft eingeladen war. Das Hündchen kläffte, sprang von Klaras Bettvorleger auf und quetschte sich unter den wurmstichigen Schrank. „Hast du da etwa deine Beute versteckt?"

Frou frou schob sich, Hinterteil voran, unter dem Möbelstück hervor. In der Schnauze hielt er das Objekt, das Klara für einen Rinderknochen gehalten hatte. Bei näherer Betrachtung entpuppte es sich jedoch, wie der Pförtner gesagt hatte, als der obere Teil eines Spazierstockes. Das Hündchen legte das Bruchstück vor Klara auf den Boden und sah sie an. Es wollte gelobt werden.

„Ich kann mir beim besten Willen nicht vorstellen, wo du das her hast." Sie bückte sich und hob das Ding auf. Es war schwer und als Klara den Schmutz abrieb, kam Silber zum Vorschein. Plötzlich wusste sie, woher sie diesen Knauf kannte: Das war der Spazierstock des Barons von Hinderlingen! Wo hatte Frou frou den nur gefunden?

Das Hündchen stieß ein leises Kläffen aus. „Zu schade, dass du nicht reden kannst." Klara hockte sich auf den Fußboden und streichelte den Vierbeiner mit einer Hand. In der anderen hielt sie immer noch das, was einmal ein wertvoller Spazierstock gewesen war.

Sie überlegte. So ein Knauf brach nicht einfach ab, da musste schon eine erhebliche Kraft am Werke gewesen sein. Möglicherweise hatte man den Stock als Hebel verwendet ... Plötzlich fiel ihr die Geschichte von Lichtblaus Unfall wieder ein. Der vornehme Herr, der auf dem Aussichtspunkt Felsbrocken lockerte und den Berg hinunterkullern ließ.

Ihr stockte der Atem. War Hinderlingen der Auslöser der Geröll-Lawine gewesen? Hatte er das gar getan, weil er wusste, dass Moorheim und sie selbst sich bei den Heinzelmannshöhlen befanden? Aber woher? Sie erinnerte sich an das Kaffeehaus, in dem sie sich mit Moorheim getroffen hatte. Waren sie dort von Hinderlingen gesehen und womöglich belauscht worden? Wenn der falsche Baron von ihrer Verbindung wusste, dann ergab es Sinn, dass er mit seinem Anschlag auch riskiert hatte, den reichen Kurgast zu töten.

Klara rappelte sich vom Fußboden auf. Sie musste mit Moorheim reden.

Sie wusste zwar immer noch nicht, wo er eigentlich wohnte, aber ein Blick in die Kurlisten würde ihr das verraten.

Ein halbe Stunde später war sie nicht mehr so optimistisch, denn Moorheims Name war nirgendwo zu finden.

„Vielleicht kann uns der Portier weiterhelfen", sagte sie zu Frou frou, der zu ihren Füßen lag, während sie an dem zierlichen Lesepult in den Listen blätterte.

„Bedaure sehr", sagte der grauhaarige Mann. „Wenn der Herr bei Privatleuten untergekommen ist und anonym bleiben will ..." Er zog ein kummervolles Gesicht. Es passierte ihm nicht oft, dass er um eine Antwort verlegen war. Dann machte er unvermittelt eine steife Verbeugung. „Da geht er hin, der feine Baron", sagte er leise zu Klara. Sie wandte sich um und sah gerade noch, wie Hinderlingen die Treppe hinunterstieg.

Sie bedankte sich beim Portier und folgte vorsichtig dem Baron. Hinderlingen schwang wie üblich beim Gehen einen Spazierstock, aber Klara erkannte sofort, dass es ein anderes Modell war.

16. Kapitel

Der Baron spazierte ohne Eile die Römerstraße hinauf und nahm in der Laube Platz, die der Besitzer eines Speiselokals für jene Gäste errichtet hatte, die zwar an der frischen Luft sitzen, aber vor Wind und indiskreten Blicken geschützt sein wollten. Verborgen hinter den Ranken der Waldrebe, die das Holzwerk üppig überwuchert hatten, beobachtete Klara, wie sich der Herr die Speisekarte bringen ließ und dann den Kellner wegen des Weins ins Kreuzverhör nahm. Offenbar wollte Hinderlingen hier zu Abend essen. Damit sollte er eine Weile beschäftigt sein.

„Jetzt gehen wir Lichtblau holen", sagte Klara zu Frou frou, während sie schnellen Schrittes in Richtung Spital marschierten. Sie hoffte, dass der frühere Hauslehrer zu einem Spaziergang bereit sein würde.

„Er macht sich nützlich", sagte der junge Arzt und deutete im Vorübergehen in die Ecke, in der Lichtblau in einem Lehnstuhl saß, das geschiente Bein auf einem

Schemel platziert, und hingebungsvoll frisch gewaschene Binden aufwickelte.

„Wollen Sie mich wieder überreden, an meine Eltern zu schreiben? Vergessen Sie es!", sagte er, bevor ihn Klara überhaupt begrüßt hatte.

„Wenn Sie mich begleiten, dann zeige ich Ihnen den Mann, der Sie wahrscheinlich den Abhang hinuntergestoßen hat. Vielleicht erkennen Sie ihn wieder."

Lichtblau stöhnte und griff sich an den Kopf. „Ich habe eine Gehirnerschütterung. Da erinnert man sich nicht mehr an den Unfall. Ich will sowieso nichts mehr davon wissen."

„Wollen Sie nicht, dass der Täter zur Verantwortung gezogen wird?"

„Doch, sicher, aber was können wir schon tun?" Lichtblau ließ die Hände mit der Verbandsrolle, an der er gerade arbeitete sinken und sah Klara an. „Soweit ich weiß, sind Sie Gouvernante und kein Polizist."

„Es gibt Mittel und Wege", sagte Klara geheimnisvoll. Um diesen Teil würde sich hoffentlich Moorheim kümmern, wenn sie ihm den abgebrochenen Knauf übergab.

Ein buckliger Krankenpfleger erschien und hob den Korb mit den bereits fertig gewickelten Binden auf. „Wenn die junge Dame mit Ihnen einen Spaziergang machen will, dann sollten Sie nicht lange zögern. Sonst bereuen Sie es, wenn Sie in meinem Alter sind." Er lachte meckernd und entfernte sich dann.

Der frühere Hauslehrer seufzte und griff zu den Krücken, die neben ihm standen. „Aber nur, wenn Sie mir von Lucille Ottilie erzählen." Klara hätte alles versprochen, damit er mitkam.

„Er könnte es sein", sagte Lichtblau schließlich, als ihn Klara in eine Position geschoben hatte, von der aus er durch die Ranken in die Laube schauen konnte, ohne selbst gesehen zu werden. Der Baron war beim letzten Gang seines geruhsamen Abendessens angekommen. Ein Kellner räumte ein halb aufgegessenes Törtchen ab und brachte eine dampfende Mokkatasse.

„Aber ich werde es nicht beschwören. Am Ende ist er es doch nicht und dann habe ich eine Falschaussage gemacht."

„Zu gegebener Zeit werde ich Sie noch einmal fragen. Zusammen mit einem Herrn, der Ihnen wirklich Gerechtigkeit verschaffen kann."

Lichtblau schnaufte verächtlich. „Das wäre das erste Mal, dass die Aussage eines Habenichts ernst genommen wird." Er drehte sich um und humpelte davon. Klara begleitete ihn. So unsicher, wie der frühere Hauslehrer auf den Beinen war, wollte sie ihn nicht alleine gehen lassen. Auch wenn er nicht mehr mit ihr redete.

Nachdem Lichtblau sicher im Spital angelangt war, dämmerte es bereits. Im Kurviertel leuchteten die Laternen und die ersten Nachtschwärmer machten sich in Abendgarderobe auf den Weg zu Konzerten, Gesellschaften und in die Spielbank.

17. Kapitel

In der Mitte der Kurbrücke blieb Klara stehen, lehnte sich ans Geländer und schaute hinüber zum hell erleuchteten Kursaalgebäude. Die Aussicht war bezaubernd. Die Gouvernante gönnte sich einige Minuten, in denen sie einfach den Anblick genoss.

Als sie langsam weiterging, kam ihr Otto entgegen. Er trug einen langen Gegenstand in der Hand, der in einer Umhüllung aus Segeltuch verborgen war.

Der Kammerdiener blieb stehen, als er Klara erkannte. „Ich habe von dem Auftritt in Ihrem Hotel gehört und möchte für das Verhalten meines Herrn um Verzeihung bitten."

Klaras Miene versteinerte. Die Abendstimmung hatte ihren Glanz verloren.

Otto schaute sie traurig an. „Glauben Sie mir, gnädige Frau, er ist nicht grundlos so geworden."

Um das Gespräch in ein anderes Fahrwasser zu bringen, deutete Klara auf den verhüllten Gegenstand.

„Sie sind um diese Zeit noch in Geschäften unterwegs?"

„Als Diener hat man kaum je einmal Feierabend. Dieses Jagdgewehr war zur Reparatur beim Büchsenmacher und musste vor unserer Abreise noch abgeholt werden."

Er ging weiter und Klara sah ihm nachdenklich hinterher. Dies war sicher nicht der Weg in sein Hotel. Sie wusste aufgrund ihrer Lektüre der Kurlisten, dass Ignatz von Paumeck mit seinem Diener im Hotel „Schloss Langenau" in der unteren Römerstraße wohnte. Warum ging Otto mit einem Gewehr in die entgegengesetzte Richtung?

Kurz entschlossen folgte ihm die Gouvernante in der zunehmenden Dunkelheit. Nachdem Otto die Brücke hinter sich gelassen hatte, wandte er sich am Ufer flussabwärts. Schnellen Schrittes durchquerte er die kleine Parkanlage des neuen Badehauses. Danach kamen nur noch Wiesen und offene Landschaft. Otto verschwand auf dem dunklen Promenadenweg, der am Wasser entlang weiterführte. Bei heißem Wetter bildete der Weg einen kühlen, schattigen Treffpunkt. Um diese Zeit jedoch war es hier menschenleer und stockdunkel. Klara blieb stehen und sah sich um. Ihr wurde bewusst, dass sie sich schon viel zu weit von den belebten und gut beleuchteten Straßen des Kurbades entfernt hatte. Zwar sah man immer noch deutlich das Glitzern der Kronleuchter im Marmorsaal über dem Fluss, aber von hier aus waren sie so unerreichbar, als befänden sie sich auf einem anderen Planeten.

Was hatte sie nur geritten, dass sie so unvorsichtig gewesen war, bis hierhinaus zu wandern? Klara lauschte. In einiger Entfernung ertönte ein Platschen, als ob etwas ins Wasser geworfen würde. Dann hörte sie Schritte. Otto kam zurück. Als er den Uferweg hinter sich gelassen hatte, blieb er stehen und zündete seine Tonpfeife an. Klara drückte sich eng an den Stamm eines Baumes und war dankbar dafür, dass sie ein schwarzes Kleid trug. So verschmolz sie vollständig mit der Dunkelheit. Sie wartete, bis der Diener weiterging und folgte ihm nun in größerer Entfernung. Das Wichtigste hatte sie bereits gesehen: Das Gewehr war verschwunden.

18. Kapitel

Am nächsten Morgen traf überraschend Herr Rotherbruch in Bad Ems ein. Der Bankier wurde von einem Herrn mittleren Alters begleitet. Das zurückhaltende und trotzdem selbstbewusste Auftreten des unauffällig gekleideten Mannes ließ Klara, die man in den Salon gerufen hatte, sofort ahnen, wer das war.

„Ihr neuer Kollege", sagte Rotherbruch zu der Gouvernante. „Herr Krause war Hauslehrer bei Bankier Methmann. Dessen jüngster Sohn geht nun seit dem Sommer auf die Universität. Aus diesem Grund ist es Herrn Krause möglich, bis zu Adalberts Rückkehr nach Frankfurt seinen Unterricht zu übernehmen."

Klara schüttelte dem neuen Hauslehrer die Hand und sagte einige höfliche Worte.

„Ich habe schon gehört, dass mein neuer Schüler einiges nachzuholen hat – zuerst von einem Nichtskönner unterrichtet und dann von einer Dame."

„Das haben wir uns auch gedacht", Frau Rotherbruch hatte sich mit ihrem Stickrahmen dekorativ auf dem Sofa platziert, „aber Ihnen ist es sicherlich ein Leichtes, diese Defizite wieder zu beseitigen."

„Das dürfte in der Tat kein Problem sein", meinte Krause gemessen. „Da fällt mir ein: Wünschen Sie vielleicht auch, dass ich den Französischunterricht für das Fräulein Tochter übernehme? Ich habe einige Jahre in Marseille für einen Kaufmann gearbeitet, der darauf bestand, dass seine Söhne von einem deutschen Lehrer unterrichtet werden. Dadurch habe ich die französische Sprache natürlich aus erster Hand kennengelernt – und festgestellt, dass die meisten deutschen Gouvernanten einen fürchterlichen Akzent haben."

Klara traute ihren Ohren kaum. Was sollte das geben? Wollte dieser Mensch sie ganz und gar verdrängen?

Die Bankiersgattin nickte eifrig. „Das kann nicht schaden. Theodoras Konversation würde dadurch sicherlich gewinnen."

Klara schaffte es gerade noch, ein Schnauben zu unterdrücken. Frau Rotherbruch konnte die Qualität von Theodoras sprachlichen Fähigkeiten doch gar nicht einschätzen – schließlich vermied die Bankiersgattin nach Möglichkeit französische Unterhaltungen, um sich nicht zu blamieren.

„Gut", sagte Krause, „dann kann ich mich entsprechend einrichten. Ich werde jetzt erst einmal eruieren, was Adalbert in den mathematischen Künsten leistet, und am Nachmittag darf die junge Dame hinzukommen und wir werden uns der Sprache der Kultur widmen."

„Das geht so nicht", protestierte Klara, „heute Nachmittag ist Theodoras Klavierstunde, die können wir nicht einfach verlegen, sonst bekommen wir nie wieder einen Termin – Maestro Tugajew ist sehr gefragt!"

Mit hochgezogenen Brauen sah Krause sie an. „Die Klavierstunde ist extern? Warum unterrichten Sie nicht selbst?"

Klara konnte nicht verhindern, dass sie rot anlief. „Theodora spielt schon sehr gut und wir haben einen Lehrer gefunden, der sie optimal fördert."

„Nun ja", sagte Krause gedehnt, „das ist natürlich Ihre Entscheidung. Wenn die junge Dame eine Karriere als Virtuosin anstrebt."

„Oh Gott, nein!", Frau Rotherbruch kicherte. Der dicke Bankier hatte sich inzwischen eine Zigarre angezündet und sagte durch die Rauchwolke hindurch: „Sie wird im Herbst heiraten."

„Meine Gratulation."

Es fiel Klara auf, dass Frau Rotherbruch keinerlei Anstalten machte, ihrem Mann zu widersprechen. Wollte sie die Hochzeit nicht hinausschieben?

Eine halbe Stunde später brachen Theodora, ihre Gouvernante und Frou frou endlich zu ihrer Morgenpromenade auf.

„Schön für Adalbert, dass er jetzt einen tatkräftigen Lehrer bekommt", meinte Klara.

Theodora kicherte. „Ich weiß nicht, ob er sich so darüber freut. Ich erinnere mich noch gut, wie Siegfried Methmann immer über seinen ‚Krause des Grauens' schimpfte. Er war froh, als er seiner Fuchtel endlich entronnen war."

„Ein Lehrer muss nicht unbedingt sympathisch sein", sagte Klara tugendhaft, obwohl sie Krause am liebsten den Hals umdrehen würde. „Hauptsache, er bringt seinem Schüler etwas bei."

„Adi muss ihn ja auch nur den Sommer über ertragen", meinte Theodora.

„Jedenfalls ist es nett von eurem Vater, dass er extra nach Ems gekommen ist, um den neuen Hauslehrer herzubringen."

„Ach", meinte Theodora, „da gibt es sicherlich noch einen geschäftlichen Grund."

Klara überlegte, ob sie die Bankierstochter über die Haltung ihrer Eltern bezüglich der Klavierstunden informieren sollte, aber sie unterließ es lieber. Vielleicht würde sie nur voreilig die Pferde scheu machen.

Bei ihrer Rückkehr händigte der Rezeptionsangestellte Klara einen Brief aus. Als sie den Umschlag öffnete, fielen zwei Karten heraus. Die erste war ein in schöner Damenhandschrift verfasstes Einladungsschreiben zu einer Kaffeegesellschaft, unterschrieben mit einem Namen, den sie noch nie gehört hatte. Die zweite, eine von Hans Dante Moorheim verfasste Briefkarte, wartete mit der Erläuterung auf.

Das Freifräulein von Wandelbach, deren Bruder mir während meines Aufenthaltes hier in Ems so großzügig Obdach gewährt, würde Sie sehr gerne kennenlernen.

Warum? Das verrieten beide Karten nicht.

Klara starrte sie mit gerunzelter Stirn an, bis es Zeit war, zum Mittagessen hinunterzugehen.

Krause war bereits da, den Kopf mit den kurz geschorenen Locken über einen Teller mit Suppe gebeugt. Neben ihm saß Adalbert mit einem sauren Gesichtsausdruck. Klara lächelte ihm aufmunternd zu.

„Warum muss ich diese ganze blöde Algebra lernen, wenn ich ohnehin einmal Forscher werde?", brach es aus ihm heraus.

„Wie willst du sonst wissen, wo du bist?", fragte Klara. „Wenn du mit deiner Expedition eine menschenleere Steppe durchquerst und nur einen Kompass und einen Sextanten dabei hast, bist du froh, wenn du ausrechnen kannst, wie du wieder in die Zivilisation zurückfindest."

Krause blickte streng von seiner Suppe auf. „Junger Mann, es ist der Wunsch deines Vaters, dass du alles lernst, was ein künftiger Bankier wissen muss."

„Die Erklärung von Fräulein Söderbaum hat mich eher überzeugt", schmollte der Junge.

„Du musst nicht überzeugt sein. Es genügt, wenn du deinem Vater gehorchst." Krause war offenbar fest entschlossen, Klara zu ignorieren.

Wenig später sprang der neue Hauslehrer abrupt von seinem Stuhl auf und verbeugte sich. Klara wandte sich um. Frau Rotherbruch und Theodora hatten den Raum betreten.

„Wie kommen Sie mit Ihrem neuen Schüler zurecht?",
fragte die Bankiersgattin und ließ sich von dem Serviermädchen die Karte mit der Menüfolge reichen.

„Wenn er sich erst wieder an die notwendige Diszip-
lin gewöhnt hat, dann wird er mit Sicherheit große
Lernfortschritte machen."

„Dafür haben wir ja jetzt Sie." Frau Rotherbruch lächelte sonnig und nippte an einem Glas mit weißem
Rheinwein. Dann wandte sie sich an Theodora. „Liebes, dein Vater und ich haben beschlossen, hinsichtlich
deines Unterrichtes etwas umzudisponieren: Heute
Nachmittag wirst du dich gemeinsam mit deinem Bruder in französischer Konversation üben. Herr Krause
ist so nett."

„Aber was wird mit Maestro Tugajew?", Theodora
starrte ihre Mutter entsetzt an.

„Fräulein Söderbaum wird dich abmelden. Dein
Klavierspiel ist gut genug für eine Dame der Gesellschaft – was man von deinem Französisch und deiner
Stickerei wahrhaftig nicht sagen kann." Lucille Ottilie
Rotherbruch sah Klara scharf an. „Vielleicht können Sie
in Zukunft etwas mehr Zeit in den Handarbeitsunter-
richt investieren – wenn Herr Krause schon so nett ist
und Sie im Französischen unterstützt."

Klara nickte stumm.

„Ich möchte aber weiterhin meine Klavierstunden
nehmen", begehrte Theodora auf.

„Mein liebes Kind", sagte Frau Rotherbruch, „wenn
du im Herbst heiratest, dann wirst du Herrin in einem

der größten Häuser Frankfurts. Da musst du in der Lage sein, entsprechend zu repräsentieren."

„Das ist ja wohl nicht wahr", Theodora sprang auf, „du hast mir versprochen, dass du die Hochzeit verhinderst. Und Fräulein Söderbaum auch!"

Sie rannte aus dem Speisesaal und die übrigen Gäste, die fasziniert ihrem Ausbruch gelauscht hatten, wandten sich wieder ihren eigenen Gesprächen zu.

„Soll ich nach ihr sehen?" Klara schickte sich zum Aufstehen an.

Frau Rotherbruch trank noch einen Schluck Wein und schüttelte mit dem Kopf. „Sie wird sich schon wieder beruhigen. Aber ich möchte wissen, was Sie ihr versprochen haben."

„Ich habe ihr lediglich von Ihren Überlegungen berichtet, die Hochzeit zu verschieben." Klara errötete wieder.

„Dann wird sie es wohl verwinden, wenn mich meine Überlegungen zu dem Schluss geführt haben, das Ereignis wie geplant stattfinden zu lassen."

Später, als sich Frau Rotherbruch zurückgezogen hatte und auch Adalbert zur Mittagsruhe geschickt worden war, sagte Krause: „Nehmen Sie meinen Rat an, Fräulein Söderbaum, machen Sie nie Ihren Schutzbefohlenen irgendwelche Versprechungen. Denken Sie immer daran: Die Eltern sind es, die Ihr Gehalt zahlen."

Klara faltete ihre Serviette zusammen und legte sie neben den leeren Dessertteller. „So wie es aussieht, werde ich ohnehin nicht mehr viel Gelegenheit haben, Theodoras Vertrauen zurückzugewinnen."

„Die Kunst eines Erziehers ist es, die Loyalität zu seinen Arbeitgebern mit der Sorge für seine eigene Zukunft zu vereinbaren." Krause schnippte ein paar Brotbrösel von seiner unauffällig eleganten Weste. „Es wäre daher für Sie wohl sinnvoll, bereits jetzt die Fühler nach neuen Aufträgen auszustrecken."

Klara stand auf. „Für gute Ratschläge bin ich immer dankbar. Man erfährt dadurch so viel über seine Mitmenschen." Sie ging auf ihr Zimmer.

Die beiden Briefkarten lagen immer noch auf dem alten Sekretär. Klara seufzte. Eines war sicher: Sie konnte die Einladung nicht einfach liegen lassen und hoffen, dass sie sich in Luft auflöste – so wie sie das mit dem Schreiben ihrer Jugendfreundin machte. Immerhin sollte die Kaffeegesellschaft bereits morgen Nachmittag stattfinden. Mit langsamen Bewegungen schlug sie ihre Schreibmappe auf, strich das Papier sorgfältig glatt und öffnete das Tintenfässchen. Dann stand sie auf, füllte etwas Wasser aus dem Waschkrug in den Becher mit den Mimosenzweigen, schüttelte das Kissen in ihrem Bett auf und stapelte die Bücher auf dem Nachttisch akkurat übereinander. Anschließend knipste sie vorsichtig den Docht der danebenstehenden Kerze auf die optimale Länge und stellte ihre Pantoffeln exakt parallel auf den Bettvorleger.

Immer noch keine Idee. Klara beschloss, das Tintenfässchen wieder zuzuschrauben. Wenn die schwarze Flüssigkeit eintrocknete, dann wäre niemandem damit geholfen.

Sie war erleichtert, als es klopfte. Adalbert marschierte mit dem kleinen Hund sofort ins Zimmer, als die Gouvernante öffnete.

„Können Sie heute Nachmittag auf Frou aufpassen? Krause duldet ihn nicht im Unterrichtsraum." Adalbert ließ sich im Schneidersitz auf dem Bettvorleger nieder. „Er behauptet, der Hund würde mich ablenken – so ein Blödsinn."

Klara nickte. „Ich muss ohnehin noch Stickgarn für Theodora besorgen, da kann Frou frou mitkommen."

Adalbert legte den Kopf schief. „Jetzt geben Sie es schon zu, Sie können Krause auch nicht ausstehen."

„In meiner Stellung empfiehlt es sich nicht unbedingt, damit herauszuplatzen, wie einem gerade ums Herz ist. Das wirst du auch noch lernen."

„Ich weiß, dass ich mich nicht mit Vater streiten soll, weil er unbedingt will, dass ich Bankier werde."

„Beispielsweise."

Adalbert streckte die Beine aus und lehnte sich an das Bett. „Aber das ist alles so langweilig und sinnlos."

„Das empfindest du nur so, weil es dich nicht interessiert. Versuch doch einmal, das, was dein Vater macht, so zu betrachten, als ob er zu einem neu entdeckten Indianerstamm gehörte und du ihn erforschen willst."

Der Junge grinste. „Papa als Indianerhäuptling!"

Klara musste sich ebenfalls das Lachen verbeißen. Besonders wenn sie daran dachte, was Krause zu einer solchen Ermunterung seines Schülers gesagt hätte.

„Das werde ich morgen Abend einmal ausprobieren."
Adalbert rappelte sich auf. „Papa will mich unbedingt
auf ein geschäftliches Treffen mitnehmen. Das wird
sicher todlangweilig, aber wenn ich mir vorstelle, dass
die beiden Herren zu verfeindeten Kopfjägerstämmen
gehören ..."

„Merke dir: Sie dürfen nicht mitbekommen, dass du
sie erforscht. Du musst dich ganz unauffällig verhalten." Und keiner darf erfahren, was ich dem Jungen für
Flöhe in den Kopf setze, fügte Klara im Stillen hinzu.

„Danke, dass Sie sich um Frou kümmern." Adalbert
stand auf. In der Tür zwinkerte er ihr zu, dann verschwand er.

Nachdem sich die Gouvernante ausgehfertig gemacht
hatte, suchte sie Frau Rotherbruch im Salon auf, um zu
fragen, ob noch weitere Besorgungen anstünden. Die
Bankiersgattin hatte wieder ihren Stickrahmen auf dem
Schoß, aber Klara sah auf den ersten Blick, dass das
Muster, an dem sie arbeitete, seit heute Morgen kaum
weitergediehen war. Lucille Ottilie kramte umständlich
in ihrem Nähkästchen herum und wies die Gouvernante dann an, ihr ein ganz bestimmtes Garn zu besorgen.

19. Kapitel

Auf dem Weg zu dem vornehmen Kurzwarenge-schäft, in dem Frau Rotherbruch stets ihr Stick-garn kaufte, schaute sich Klara immer wieder nach Moorheim um. Sie hatte sich inzwischen so an sein unvermitteltes Auftauchen gewöhnt, dass sie insge-heim enttäuscht war, ihn nirgends zu sehen.

„Offenbar steht unsere Gesellschaft heute nicht allzu hoch im Kurs", sagte Klara zu Frou frou, während sie die Promenade entlangspazierten.

Der Verkäufer im Kurzwarenladen war von Klaras Bestellung überfordert. Er durchsuchte hektisch die Schubladen unter der Ladentheke und verschwand dann im Hinterzimmer. Nach kurzer Zeit erschien eine ältere Dame, bei der es sich wohl um die Inhaberin des Geschäftes handelte. Sie brachte ein abgegriffenes Mus-terbuch mit. „Mein Angestellter hat Schwierigkeiten, die von Ihnen gewünschte Farbe zu finden." Sie schlug das Buch auf. „Wie lautete die Nummer?" Klara reichte ihr den Zettel, auf dem sie die von Frau Rotherbruch genannte Ziffernfolge notiert hatte.

Die Dame runzelte die Stirn. „Diese Nummer gibt es gar nicht." Sie fuhr mit dem Zeigefinger die im Buch aufgelisteten Zahlenkolonnen entlang. „Wahrscheinlich haben Sie versehentlich zwei Ziffern vertauscht. Es könnte ein Rostbraun oder ein Sonnengelb sein."

„Dann muss ich meine Herrin noch einmal fragen." Klara kaufte die Sachen, die sie für Theodora benötigte, und verließ den Laden.

„Immer diese Umstände!" Frau Rotherbruch seufzte demonstrativ und griff mit einer müden Bewegung nach ihrem Nähkästchen. „Hier, bitte!", sie hielt Klara einen neuen, ordentlich zu einer Docke gewickelten Garnstrang entgegen. „Da, sehen Sie, diesen Farbton brauche ich etwas heller, also ist die Nummer um eins kleiner. Das kann doch wirklich kein Hexenwerk sein."

Klara betrachtete die Banderole, von der das Garn zusammengehalten wurde. Die aufgedruckte Nummer schien ihr völlig anders zu lauten als diejenige, die Frau Rotherbruch ihr genannt hatte.

„Dann werde ich das neue Garn bei nächster Gelegenheit kaufen."

Frau Rotherbruch warf den Kopf zurück. „Wenn ich Ihnen diese Anweisung erteile, dann erwarte ich natürlich, dass sie sofort ausgeführt wird."

Klara wusste, dass sie als Angestellte nicht das Recht hatte, ihre Herrschaft zu hinterfragen, aber so deutlich hätte die Bankiersgattin sie nicht daran erinnern brauchen.

„Am besten Sie nehmen das hier mit, sonst vergessen Sie unterwegs wieder, was Sie wollten." Sie drückte ihr das Stickgarn in die Hand.

Frou frou kläffte, als Klara mit schnellen Schritten wieder aus dem Hotel eilte. Sie musste sich beeilen, um es noch vor Ladenschluss zu schaffen.

Als sie mit dem gewünschten Garn zurückkam, trat der Portier auf sie zu. „Gerade wurde ein Brief für Sie abgegeben."

Diesmal erkannte Klara die Handschrift auf dem Umschlag sofort. Wenn sich Moorheim auch in natura gerade rarmachte, als Briefschreiber war er erfreulich präsent. Mit dem Umschlag in der Rocktasche stieg Klara die Treppe hinauf und fand den Rotherbruch'schen Salon verlassen vor. Sie legte das neu erworbene Stickgarn zusammen mit dem Muster mitten auf das Tischchen und ging dann in ihr eigenes Zimmer, um Moorheims Brief zu lesen.

Ich habe heute Morgen eine Nachricht von meinem Bruder erhalten, dass sich einer seiner Geschäftsfreunde in Koblenz aufhält und dass er ihm versprochen hat, ich würde mich um ihn kümmern. Bedauern Sie den Hinkefuß! P.S. Bitte nehmen Sie die Einladung des Freifräuleins von Wandelbach an.

Kopfschüttelnd betrachtete Klara das Schreiben. Er hätte wenigstens eine Bemerkung darüber machen können, warum ihm das so wichtig war. Aber andererseits gab es keinen Grund, ihm nicht zu vertrauen.

Kurz entschlossen verfasste Klara einen knappen Brief, in dem sie dem Freifräulein zusagte. Um zu verhindern, dass sie ihre Meinung wieder änderte, brachte sie ihn sofort in die Halle hinunter und gab ihn zur Besorgung an der Rezeption ab. Als sie sich abwandte, um wieder in ihr Zimmer hinaufzugehen, stieß sie fast mit dem Bankiersehepaar zusammen, das gerade von einem Spaziergang zurückkehrte.

„Aha, Fräulein Söderbaum", rief Herr Rotherbruch und seine Gattin fügte hinzu: „Schon wieder fleißig am Korrespondieren?"

„Es ist doch gar nicht schlecht, wenn Fräulein Söderbaum hier in Ems ihr Glück findet", meinte der Bankier. „Nachdem ihr Engagement bei uns nur von so kurzer Dauer ist, scheint es doch eine glückliche Fügung, wenn sie sich ebenfalls verehelicht, wie ihr Schützling."

Klara wollte in aller Entschiedenheit erklären, dass sie das keinesfalls vorhatte, aber das Paar war bereits weitergegangen.

Der Abend entwickelte sich zu einer Tortur. Die ganze Familie Rotherbruch saß im Salon der Hotelsuite beisammen. Die Eheleute plauderten über Belanglosigkeiten, Adalbert las in einem Buch und streichelte Frou frou, der auf seinem Schoß lag, und Klara unterwies Theodora im Sticken. Bedauerlicherweise war die Schülerin weder kooperativ noch talentiert. Sie machte nur widerwillig ein paar schiefe Stiche, bei denen sie es auch noch fertig brachte, den Faden zu verdrehen.

Dann erschien Joseph Krause auf der Bildfläche. Er trug ein Buch in der Hand, betrachtete mit einem abschätzigen Blick Theodoras Stickerei und setzte sich schließlich ans Klavier.

„Schön, dass es hier ein solches Instrument gibt", sagte er zu niemandem im Besonderen.

„Ich habe es eigens bei der Direktion angefordert", erklärte Frau Rotherbruch hoheitsvoll. „Ich bin es gewohnt, immer ein Piano um mich zu haben."

„Erlauben Sie?", er schlug einige Tasten an. Klara sah, wie Theodora das Gesicht verzog, aber die Bankiersgattin rief ihm zu, dass er ruhig weiterspielen solle und redete dann erneut auf ihren Gatten ein.

Nach den ersten Takten war der Gouvernante klar, warum Theodora das Klavier nie anrührte. Das Instrument war völlig verstimmt und die Tatsache, dass Frau Rotherbruch das nicht bemerkt hatte, lag wohl darin begründet, dass sie es hielt wie ihre Tochter. Allerdings nicht aus musikalischem Feingefühl, sondern eher aus Trägheit. Der Bankier runzelte die Stirn und Adalbert verzog sich mit Frou frou und dem Buch in sein Zimmer. Krause selbst ließ irritiert die Finger ruhen. Dann stand er auf, schloss vorsichtig den Deckel, murmelte „man sollte einmal den Klavierstimmer holen" und zog sich zurück.

20. Kapitel

Am nächsten Morgen stand Klara vor der schwieri-
gen Aufgabe, ihrer Arbeitgeberin zu erklären,
dass sie an diesem Nachmittag nicht zur Verfügung
stehen würde.

„So, Sie haben einfach eine Einladung angenommen.
Hätten Sie da mich nicht vorher fragen sollen? Wer
weiß schon, was das für Leute sind." Es war offensichtlich, dass die Bankiersgattin Klara den Besuch am liebsten untersagt hätte.

„Cornelia von Wandelbach besitzt einen hervorra-
genden Ruf." Klara hoffte, dass sie damit recht behalten würde. Immerhin war die Dame adlig, das sollte
bei Frau Rotherbruch doch etwas bedeuten.

Lucille Ottilie griff nach ihrem Stickrahmen. „Dürfte
ich fragen, ob Sie das Garn besorgt haben, wie ich es
Ihnen aufgetragen habe?"

„Aber natürlich, ich habe es hierhergelegt."

Auf dem betreffenden Tischchen hatte die Bankiersgattin bereits großzügig weitere Garne und Stickutensi-

lien verteilt. Jetzt seufzte sie wieder einmal demonstrativ, kramte das neue Garn aus dem Haufen und betrachtete es mit einem unzufriedenen Gesichtsausdruck. „Das ist nicht ganz das, was ich mir vorgestellt habe." Sie sah Klara an, als ob das deren Schuld wäre. „Vielleicht bräuchte ich es noch etwas heller. Ja, das dürfte es sein, besorgen Sie mir das!" Lucille Ottilie winkte, um Klara zum Loslaufen zu veranlassen.

Da Theodora immer noch schmollte und sich in ihrem Zimmer einschloss, ging Klara mit Frou frou zum Kurzwarenladen.

Als sie mit dem neuen Garn zurückkehrte, weilte Frau Rotherbruch bereits beim Mittagessen und unterhielt sich prächtig mit dem neuen Hauslehrer. „Sie sind spät dran", meinte sie, als sich Klara setzte. „Wo ist meine Tochter?"

„Sie sagte zu mir, sie hätte keinen Hunger."

„Ja, ja, die jungen Damen", Krause traktierte mit Messer und Gabel den Hühnchenschenkel auf seinem Teller. „Aber ich muss sagen, Fräulein Söderbaum verfügt wirklich über gute Nerven. Die meisten Gouvernanten, die ich kenne, würden nicht so ruhig bei ihrer Mahlzeit sitzen, wenn sich ihre Schützlinge weigern, etwas zu sich zu nehmen."

„Theodora ist kein kleines Kind mehr", sagte Klara, „ich traue ihr zu, dass sie selbst beurteilen kann, ob sie etwas essen möchte oder nicht."

„Das trifft sicherlich zu", sagte Lucille Ottilie und tupfte sich mit der Serviette die Lippen ab. „Aber eine

Mutter macht sich nun einmal Sorgen. Also bitte schauen Sie nach ihr."

Klara erhob sich, gerade als das Serviermädchen die Suppe vor ihr auf den Tisch stellen wollte.

Natürlich führte die Diskussion mit Theodora durch die geschlossene Tür zu nichts.

Im Speisesaal wurde bei Klaras Rückkehr gerade das Dessert aufgetragen. Ihre Mitteilung, dass Theodora ihre Meinung nicht geändert hätte, nahm Frau Rotherbruch mit Fassung auf. „Dann hoffen wir, dass sie sich bis heute Abend wieder zum Herauskommen entschlossen hat. Da sollten Sie sie schließlich im Sticken unterrichten." Sie legte die Serviette auf den Tisch. „Dann ist auch mein Gemahl wieder hier. Heute Mittag speist er mit einem Baron, der plant, sein Familienvermögen in eine Diamantenmine zu investieren."

Klara bemühte sich um einen bewundernden Gesichtsausdruck. „Was meinen Ausgang heute Nachmittag betrifft ..."

„Oh ja, selbstverständlich", Lucille Ottilie wirkte, als sei ihr die Sache völlig gleichgültig. „Da sich Ihr Schützling ohnehin gerade weigert, mit Ihnen zusammenzuarbeiten ... Aber nehmen Sie bitte Frou frou mit."

Klara nickte gehorsam, obwohl sie nicht wusste, wie die unbekannte Gastgeberin es aufnehmen würde, wenn sie mit einem Hund bei der Einladung erschien. Das ganze Hin und Her hatte sie inzwischen so entnervt, dass sie ihre Zusage am liebsten zurückgezogen hätte.

21. Kapitel

Die hübsche kleine Villa lag am Rande des Kurviertels, schon fast im Dorf Ems. Ein eher unüblicher Wohnort für Personen von höherem Stand, die es normalerweise bevorzugten, auf der anderen Lahnseite, in der Nähe des Bahnhofes zu residieren. Trotz ihrer Zweifel betätigte Klara den Türklopfer. Ein Hausmädchen mit einer blütenweißen Schürze öffnete und führte die Besucherin in den Salon. Zwischen Zimmerpflanzen, die so ausgewuchert waren, dass der Raum fast einem Dschungel glich, saß eine Dame neben einem Kaffeetisch. Mit einem leichten Erschrecken stellte Klara fest, dass man den Tisch nur für zwei Personen gedeckt hatte. Als sich das Freifräulein von Wandelbach ihr zuwandte, wurde Klara bewusst, dass sie der Dame bereits begegnet war. Diese Nase hätte sie überall wiedererkannt.

„Ich freue mich, dass Sie meiner Einladung gefolgt sind. Ich habe nicht oft Besucher." Das Freifräulein winkte, um Klara zum Näherkommen zu veranlassen.

„Ich hoffe, Sie sehen es mir nach, dass ich nicht aufstehe, um Sie zu begrüßen, aber mein Kreislauf funktioniert heute nicht ganz zu meiner Zufriedenheit. Am besten, Sie setzen sich gleich, dann können wir die Formalitäten als erledigt betrachten." Von Nahem besehen schien die Dame sich fast im gleichen Alter zu befinden wie ihre Besucherin. Lediglich ihr blasses Gesicht und die matten Bewegungen ließen sie älter erscheinen.

„Entschuldigen Sie bitte, dass ich nicht allein gekommen bin", Klara deutete auf Frou frou, den sie auf dem Arm trug. Die Dame nahm ein Lorgnon vom Tisch, hielt es vor ihre Augen und lachte auf. „Ein Hündchen, das ist aber niedlich." Sie wandte sich um und sagte: „Xerxes, da will dich jemand kennenlernen."

Ein Möbelstück im Hintergrund, das Klara auf den ersten Blick für einen großen fellbespannten Fußschemel gehalten hatte, bewegte sich plötzlich, bekam lange sehnige Beine, stand auf, streckte sich und kam herbeigetrottet. Ein Hund, der ihr bis zur Taille reichte, schnupperte interessiert in Frou frous Richtung. Erschrocken wich Klara zurück. Das Hündchen auf ihrem Arm strampelte. Der kleine Spitz wollte auf den Boden.

„Keine Sorge", sagte das Freifräulein von Wandelbach. „Xerxes ist vollkommen ungefährlich, seine einzige Qualifikation als Wachhund ist seine Größe."

Klara setzte Frou frou auf den Boden, bereit, ihn beim ersten Anzeichen von Gefahr wieder hochzunehmen. Abgesehen davon, dass sie den kleinen Burschen mittlerweile selbst ins Herz geschlossen hatte, wollte sie nicht vor ihre Herrin hintreten und ihr erklären müssen, dass der Hund ihrer Gastgeberin Frou frou für ein Appetithäppchen gehalten hatte.

„Bitte nehmen Sie Platz", sagte die Dame mit der Knollennase erneut. Eine Aufforderung, der Klara erst nachkam, als sie gesehen hatte, dass sich die beiden Hunde freundschaftlich interessiert beschnupperten.

„Xerxes ist nicht gerade das typische Schoßhündchen", meinte das Freifräulein, während es Klara eigenhändig Kaffee einschenkte und ihr aus einer Schale Gebäck anbot, „aber mein Bruder bestand darauf, mir eine dänische Dogge zu schenken – kurz nach der leidigen Geschichte mit Walther von Paumeck."

Klara horchte auf. „Wenn ich fragen dürfte …"

„Sie dürfen. Ich hoffe sehr, dass wir Freundinnen werden." Cornelia von Wandelbach lehnte sich in ihrem Stuhl zurück. „Walther von Paumeck versuchte vor einem Jahr, mir den Hof zu machen und redete ganz unverhohlen von Hochzeit." Sie stieß ein Geräusch aus, das halb wie ein Schnauben und halb wie ein Lachen klang. „Natürlich war mir klar, dass er es nur auf mein Vermögen abgesehen hatte. Ich hätte seine Werbung einfach kommentarlos abgelehnt, aber mein Bruder Herrmann wurde wütend auf ihn." Sie trank einen Schluck Kaffee. „Ich habe nicht alles mitbekommen, was er unternahm, aber Paumeck verließ damals Bad Ems sehr überstürzt. Ich hörte gerüchteweise, dass mein Bruder ihn bedroht und sogar zum Duell gefordert haben soll."

„Ein verständliches Verhalten für einen besorgten Bruder", sagte Klara vorsichtig.

„Sicher", die Dame zögerte, „aber inzwischen geht das Gerücht um, Herrmann hätte Paumeck getötet. Er hat sich sehr darüber aufgeregt, als er feststellte, dass der Mann in dieser Saison wieder in Bad Ems weilt."

„Ich bin überzeugt davon, dass Ihr Bruder nichts mit dem Tod Paumecks zu tun hat."

„Das wäre wirklich eine Erleichterung für mich." Sie schaute Klara neugierig an. „Aber warum sind Sie sich dessen so sicher? Hans Dante Moorheim deutete lediglich an, dass Sie sich aus beruflichen Gründen näher mit diesem Herrn befasst hätten. Das konnten wir bei unserer ersten Begegnung natürlich nicht wissen."

Klara erinnerte sich an die Reaktion des Freiherrn von Wandelbach und errötete. „Es war eine sehr missverständliche Situation." Ohne Namen zu nennen, erklärte sie ihr Interesse an Walther von Paumeck. „Inzwischen bin ich fast sicher, den Täter zu kennen."

„Faszinierend." Cornelia von Wandelbach beugte sich interessiert vor. Dann lachte sie und lehnte sich wieder zurück. „Verzeihen Sie, ich bin einfach zu neugierig. Natürlich können Sie nicht so einfach mit Anschuldigungen um sich werfen." Sie griff nach der Gebäckschüssel. „Unsere Köchin ist wirklich eine Perle."

Klara nahm noch einen Keks und konnte sich der Meinung des Freifräuleins nur anschließen. „Wohnen Sie schon lange hier?"

„Herrmann und ich sind vor drei Jahren hierhergekommen, weil mir die Ärzte zur Linderung meiner

Atembeschwerden eine Kur verordneten. Das Wasser half tatsächlich und Herrmann fand hier ein ideales Forschungsfeld – er interessiert sich für die Geschichte der Burgruinen am Rhein und an der Lahn. Daher beschlossen wir, hierzubleiben. Aufgrund seines Steckenpferdes ist Herrmann allerdings sehr viel unterwegs."

Klara lagen noch weitere Fragen auf der Zunge, aber sie schluckte sie lieber herunter, um nicht indiskret zu erscheinen. Sie konnte sich immer noch nicht vorstellen, warum Cornelia von Wandelbach sie kennenlernen wollte. In einem Kurort waren Menschen mit körperlichen Gebrechen nicht selten und das Freifräulein besaß so viel Geist und Humor, dass sie es nicht nötig haben sollte, eine ihr völlig Fremde zum Kaffee einzuladen.

„Moorheim erzählte mir, dass Sie als Gouvernante arbeiten. Macht Sie das glücklich?"

Klara schaute Cornelia von Wandelbach verdutzt an. Solch eine unverblümte Frage hatte sie nun wirklich nicht erwartet. „Ich bin zufrieden", sagte sie nach einer Pause.

Das Freifräulein schnaubte. „Wenn ich Zahnschmerzen habe und eine Erkältung dazu, dann bin ich zufrieden, wenn die Zahnschmerzen verschwinden."

Klara schwieg.

„Tut mir leid, wenn ich Sie verletzt haben sollte, ich bin immer sehr direkt."

„Bitte denken Sie nicht …"

Cornelia von Wandelbach schüttelte mit dem Kopf und wechselte das Thema. „Gefällt es Ihnen in Bad Ems?"

„Für eine Stadt dieser Größe ist die Dichte an gekrönten Häuptern beeindruckend."

„Das trifft nur in der Saison zu", meinte das Freifräulein. „Im Winter sind die Hotels des Kurviertels geschlossen und verwaist. Deshalb wohnen wir lieber hier. Es ist weniger elegant, aber man hat wenigstens ganzjährig Menschen um sich herum."

Ein Stuhl fiel polternd um und ein Blumenkübel wackelte bedrohlich. Frou frou und Xerxes waren vom Beschnüffeln zum Spielen übergegangen.

„Wären Sie so nett, die Tür dort zu öffnen und die Hunde hinauszuscheuchen?" Das Freifräulein deutete auf eine gläserne Fenstertür, die von einer hohen Palme fast verdeckt wurde.

Klara stellte fest, dass die Tür in einen kleinen wohlangelegten Garten hinausführte, der hauptsächlich aus einer von Blumenbeeten eingefassten Rasenfläche und einer weiß angestrichenen Holzlaube bestand. Die beiden Hunde stürmten hinaus und Klara lachte, als sie beobachtete, wie vorsichtig der riesige Xerxes bei seinen spielerischen Attacken auf den kläffenden Winzling war.

„Der Kleine hat wirklich Mut", sagte das Freifräulein, das sich in seinem Sessel so umgedreht hatte, dass es in den Garten hinausschauen konnte. „Viele Hündchen haben Angst vor Xerxes."

„Ich habe bisher noch nicht erlebt, dass sich Frou frou vor irgendetwas gefürchtet hätte", sagte Klara. „Ich wundere mich eher über die Trophäen, die er anbringt." Sie erzählte der Dame von dem Spazierstock des Barons von Hinderlingen und erwähnte dabei ihren Verdacht.

„Sie meinen, er hat die Steinlawine ausgelöst, weil er wusste, dass Sie bei den Heinzelmannshöhlen waren? Dann wollte er einen Mord begehen!" Cornelia von Wandelbach war entsetzt. „Sie müssen unbedingt Moorheim von Ihrer Entdeckung erzählen!"

„Das würde ich gerne, aber ich weiß ja nicht einmal, wann er wiederkommt."

„Das konnte er uns bei seiner Abreise leider auch nicht sagen." Das Freifräulein überlegte. „Schreiben Sie ihm doch jetzt gleich einen Brief, in dem Sie das alles erklären. Den legen wir in sein Zimmer. Auf diese Art bekommt er am schnellsten die Informationen." Sie stand vorsichtig auf und trat an den Schreibtisch, der halb verborgen in dem Pflanzendickicht beim Fenster stand. „Kommen Sie, hier gibt es Feder, Tinte, Papier – und anständiges Licht."

Klara setzte sich und ihre Gastgeberin schob ihr die Schreibutensilien zu, die zur Benutzung bereitstanden. Als Klara von ihrem Brief aufsah, um einen Satz im Geiste vorzuformulieren, sah sie, dass das Freifräulein einen zweiten Stuhl an den Tisch gerückt hatte und ebenfalls schrieb.

„Ein Steckenpferd von mir", sagte sie, als sie Klaras Blick bemerkte. „Ich bringe die Sagen und Geschichten, die Herrmann sammelt, in Reimform. Falls Sie Balladen mögen, dann zeige ich Ihnen später gerne meine Texte."

22. Kapitel

Der nächste Tag begann, ohne dass Klara von Moorheim hörte.

Den Brief, in dem sie die Entdeckung des abgebrochenen Spazierstockes und Lichtblaus Erlebnisse geschildert hatte, war durch das Dienstmädchen der Cornelia von Wandelbach unverzüglich in sein Zimmer gelegt worden. Danach war es bereits so spät, dass Klara schnellstens wieder zu ihrem Dienst bei den Rotherbruchs zurückkehren musste. Das Freifräulein nahm ihr das Versprechen ab, sie baldmöglichst wieder zu besuchen, und ließ es sich nicht nehmen, für die Gouvernante eine Droschke kommen zu lassen und die Fahrt selbst zu bezahlen.

Auf diese Weise hatte Klara es geschafft, rechtzeitig zum Abendessen zu erscheinen und Theodora später noch eine Handarbeitslektion zu geben. Natürlich zeigte sich das Mädchen weiterhin widerspenstig und unbelehrbar, aber Klaras Gedanken waren so mit ihren Erlebnissen bei den Wandelbachs beschäftigt, dass sie das kaum wahrnahm. Sie ärgerte sich darüber, dass sie praktisch nichts über das Verhältnis der Geschwister zu Moorheim und überhaupt nichts über den Grund für ihre Einladung herausgefunden hatte.

„Heute Vormittag kommen voraussichtlich die Lehrbücher an, die ich per Bahnfracht hierhergeschickt habe." Krause ließ sein Frühstücksbrot sinken und blickte mit wichtiger Miene in die Runde. „Ich weiß allerdings nicht, ob ich wirklich meine Mathematikunterweisung ausfallen lassen soll, um sie abzuholen. Adalbert ist mit dem Stoff sehr im Hintertreffen."

„Das Hotel kann einen Dienstmann zum Bahnhof schicken – der wird die Bücher hierherbringen", sagte Frau Rotherbruch und verstrich einen Löffel Marmelade auf ihrem Hefebrötchen.

Krause runzelte die Stirn. „Bitte halten Sie mich nicht für pedantisch, gnädige Frau, aber ich weiß nicht, ob ein Dienstmann in der Lage ist, die Bände pfleglich genug zu behandeln. Diese Leute …"

Die Bankiersgattin pflichtete ihm sofort bei und richtete ihren Blick auf Klara. „Das können Sie doch nach der Morgenpromenade mit Theodora übernehmen. Sie haben ja sonst nicht viel zu tun."

„Sicher", sagte die Gouvernante, während sie Adalbert den Honigtopf wegnahm, den er anscheinend alleine leeren wollte.

„Auf dem Weg können Sie sich im Laden noch einmal nach Theodoras Handschuhen erkundigen", Frau Rotherbruch hielt dem Serviermädchen auffordernd ihre Kaffeetasse hin, „und das mit dem Stickgarn haben Sie wohl auch wieder vergessen."

Klara schaute irritiert auf. „Ich habe Ihnen das Garn doch bereitgelegt!"

„Wirklich?" Lucille Ottilie Rotherbruch schüttelte mit dem Kopf. „Aber irgendetwas hat mich daran gestört, das weiß ich noch. Kommen Sie doch später in den Salon, dann kann ich das überprüfen."

Der Spaziergang mit Theodora war keine Freude. So sehr es Klara sonst genoss, an der frischen Luft zu sein – mit einer schlecht gelaunten Bankierstochter im Schlepptau verlor der sonnige, glitzernde Morgen deutlich an Heiterkeit. Nicht einmal Frou frou sorgte für Ablenkung, denn den hatte Adalbert mitgenommen, der sich vor der Mathematikstunde noch mit Konstantin, dem russischen Fürstensohn, traf.

So kam es, dass die Promenade der beiden Frauen recht kurz und wortkarg ausfiel. Klara begleitete Theodora bis zu ihrem Zimmer und ging dann in den Salon, um Frau Rotherbruch zu treffen.

Der Raum war leer. Stickrahmen und Nähkasten standen auf dem kleinen Tisch und die Garnstränge, die Klara gekauft hatte, lagen daneben. Die Gouvernante betrachtete das Stillleben. Was sollte sie daraus entnehmen?

Sie setzte sich auf einen Stuhl und wartete eine Viertelstunde, aber die Bankiersgattin ließ sich nicht blicken. Mit einem Seufzer erhob sich Klara wieder. Es wurde Zeit, dass sie sich auf den Weg zum Bahnhof machte.

Nachdem sie sich zum Frachtschalter durchgefragt und dort ihr Anliegen vorgetragen hatte, holte der Bahnbeamte eine voluminöse Holzkiste. Da Klara dieses Monstrum beim besten Willen nicht tragen konnte, suchte sie einen Dienstmann mit einer Karre und wies ihn an, die Kiste vorsichtig aufzuladen. Während sie noch mit dem Mann verhandelte, nahm sie aus dem Augenwinkel wahr, wie sich am Fahrkartenschalter eine Schlange bildete. Normalerweise wurden die Kunden so schnell abgefertigt, dass niemand lange warten musste, aber ein Fahrgast schien Probleme zu bereiten. Die ausgebeulte Jacke und die kernigen Schuhe des Mannes kamen Klara bekannt vor. Schließlich war sie ihnen vor zwei Tagen erst durch halb Bad Ems gefolgt. Otto, der Kammerdiener des alten Paumeck, versuchte, Fahrkarten für die Abreise zu kaufen.

„Guter Mann, das ist nicht möglich! Sie müssen noch ein Erste-Klasse-Abteil haben!"

Der Schalterbeamte antwortete so leise, dass Klara ihn nicht verstand, aber sie hörte, wie Otto bellte: „Dann hängen Sie eben noch einen Wagen an!"

Der Beamte hinter dem Schalter gab eine längere Erklärung ab. „Geben Sie mir in Gottes Namen Karten für den Zug morgen Nachmittag!", knurrte Otto.

Die Gouvernante wandte sich wieder dem Dienstmann zu, der inzwischen die Arme auf die Kiste und seinen Kopf dazwischen gelegt hatte und im Stehen zu schlafen schien.

„Guter Mann", sie klopfte ihm auf die Schulter. „Sie können die Kiste am Dienstboteneingang des ‚Russischen Hofs' abgeben."

„In Ordnung." Er rappelte sich auf und schlurfte mit seinem Karren los.

„Halt! Warten Sie!", ertönte plötzlich eine Stimme.

Klara drehte sich schneller um als der Dienstmann, der eigentlich gemeint war. Auf eine Krücke gestützt humpelte Hans Dante Moorheim heran und winkte hektisch mit dem freien Arm. „Ich brauche jemanden, der mein Gepäck transportiert."

„Hab bereits eine Fuhre." Klaras Dienstmann schlurfte weiter.

„Moment bitte!" Auf den Ruf der Gouvernante hielt er wieder an. „Was gibt es denn noch, gnädige Frau?"

Moorheim war herangekommen. „Auf dem Bahnsteig steht meine Reisetasche und kein vermaledeiter Gepäckträger weit und breit." Er rang nach Atem.

Klara bat den Dienstmann, sich auch um Moorheims Gepäck zu kümmern. „Laden Sie es zu der Kiste auf dem Wagen und liefern Sie es bei der Adresse ab, die der Herr Ihnen nennt."

Als der Dienstmann die Hand ausstreckte, gab Moorheim ihm einige Münzen. Der Mann ließ seinen Karren einfach stehen und zockelte Richtung Bahnsteig davon.

Klara und Moorheim waren dadurch gezwungen, bei der Kiste auszuharren, bis er wiederkommen würde. Mit einem Seitenblick stellte die Gouvernante fest, dass ihr Bekannter bleich war und dunkle Schatten unter seinen Augen lagen.

„Ich habe den Eindruck, dass Sie momentan nicht ganz auf der Höhe sind."

„Ich kann Ihnen sagen, dass der Eindruck nicht täuscht." Er verzog das Gesicht zu einem schmerzhaften Grinsen. „Aber die Hauptsache ist, dass der italienische Geschäftsfreund meines Bruders – er besitzt mehrere Webereien in Mailand – den Besuch in Deutschland als vollen Erfolg betrachtet. Er dürfte sich prächtig amüsiert haben. Jedenfalls hat er sich einen umfassenden Eindruck von den hiesigen Weinen verschafft."

„Sie brauchen einen starken Kaffee", sagte Klara.

„Dann trinken wir zusammen einen. Wie gefällt Ihnen das Fräulein von Wandelbach?"

„Ich weiß zwar immer noch nicht, warum Sie mich mit ihr bekannt gemacht haben, aber ich mag sie tatsächlich."

„Das ist die Hauptsache."

Der Dienstmann kehrte mit der Reisetasche zurück, schob sie neben die Kiste auf dem Karren und schlurfte dann im Schneckentempo mit seiner Fuhre los. Moorheim und Klara setzten sich ebenfalls in Bewegung und begaben sich in ein Kaffeehaus, nachdem sie den Dienstmann noch einmal eingehend instruiert hatten, welches seiner Frachtstücke er wo abgeben sollte.

Als sie Platz genommen hatten, sah Klara ihr Gegenüber scharf an. „Sie haben doch nicht nur einen Kater."

Moorheim war anzusehen, dass er diese Unterstellung zuerst verneinen wollte. „Vermutlich eine beginnende Grippe", gab er schließlich zu. „Spätestens morgen komme ich nicht mehr aus dem Bett – also, wenn Sie etwas auf dem Herzen haben, dann erzählen Sie es besser sofort."

Klara schluckte. Sie wollte ihn jetzt nicht mit ihren Problemen belasten, und die Geschichte mit Hinderlingen und dem Spazierstock konnte wohl auch noch warten, aber Paumeck würde morgen abreisen. Sie gab sich einen Ruck und berichtete von ihrem Mordverdacht gegen den Großvater.

„Das ist eine üble Anschuldigung, die Sie da erheben", meinte Moorheim. „Ich stimme Ihnen zwar insoweit zu, dass diesem Menschen alles zuzutrauen ist, aber bedenken Sie, dass er nachweislich nicht geschossen hat."

Klara nickte ungeduldig, das hatte sie sich alles bereits überlegt. Sie nahm nicht an, dass Ignatz von Paumeck selbst die Hand gegen seinen Enkel erhoben hatte. Aber es gab jemanden, der ihm so treu ergeben war, dass er das ohne Frage übernommen hätte – seinen Kammerdiener, der außerdem ein ausgebildeter Scharfschütze war. Ihr fielen weitere Dinge ein, die für sich genommen nur unbedeutende Beobachtungen waren. Die alte Tonpfeife, die der Eselsjunge an der Stelle gefunden hatte, von der aus der tödliche Schuss abgefeuert worden war, und Ottos Bemerkung, dass er seine Pfeife verloren hätte. Das Wettschießen und der Sieg des Kammerdieners, der behauptete, er könne mit jedem Schießzeug umgehen, lieferten weitere Indizien. Und als Krönung des Ganzen die Beseitigung der Büchse. Wenn sie das alles zusammen betrachtete, dann war sie sich sicher, in Otto den Mörder Walthers gefunden zu haben.

Moorheim hörte sich Klaras Gedankengang geduldig an. „Es spricht einiges dafür, dass es sich so zugetragen hat", sagte er müde, „aber es gibt nun einmal keine direkten Beweise." Er stützte den Kopf in die Hände und stöhnte. „Entschuldigen Sie mein Gejammer."

„Es tut mir leid, dass ich Sie mit meinen Problemen behellige." Klara schaute auf das Tischtuch und Moorheim rieb sich die Schläfen mit den Fingerknöcheln. „Sie haben trotzdem recht. Wir sollten etwas unternehmen – zumindest auf den Busch klopfen."

Die Gouvernante sah ihn erstaunt an. „Was haben Sie vor?"

„Lassen Sie uns zu Paumecks Hotel fahren." Moorheim zwang sich zu einem Lächeln.

„In Ihrem Zustand?"

„Der wird nicht besser, wenn wir noch lange darüber reden." Moorheim stürzte seinen heißen Kaffee hinunter und zahlte, während Klara vor der Tür nach einer Droschke winkte.

23. Kapitel

„Ich glaube nicht, dass mein Verdacht ausreicht, um die Polizei in Marsch zu setzen." Als sie in der Droschke saßen, musste Klara ihre Bedenken loswerden.

„Das wollen wir auch gar nicht", sagte Moorheim, „aber niemand hindert uns daran, mit einem Diener zu sprechen."

Als die Kutsche vor dem Hotel „Schloss Langenau" hielt, stiegen die beiden Fahrgäste aus. Die Gouvernante hatte erwartet, dass sie die Stufen zum Haupteingang emporsteigen würden, doch Moorheim ließ die Freitreppe links liegen, bog um zwei Hausecken und klopfte an den Hintereingang des Hotels.

„Nicht immer ist es der offizielle Weg, der zum Ziel führt", sagte er, als er Klaras verwunderten Gesichtsausdruck bemerkte.

Ein alter Mann öffnete und riss die Augen auf, als er die wohlangezogenen Besucher sah. „Dies hier ist der Dienstboteneingang. Sie sollten besser …"

„Wir wollen auch mit einem Dienstboten reden", unterbrach ihn Moorheim und ließ diskret ein Geldstück in die Schürzentasche des Pförtners fallen. Dieser trat daraufhin einen Schritt zurück und vollführte eine tiefe Verbeugung. „Kommen Sie doch herein!"

In dem düsteren Durchgang, der zur Küche, den Wirtschaftsräumen und den Dienstbotenquartieren führte, erklärte Moorheim, dass er eine Unterredung mit dem Kammerdiener des Herrn von Paumeck wünsche. „Lassen Sie ihm ausrichten, ich sei ein Bewunderer seiner Schießkünste."

Der alte Mann runzelte die Stirn. „Seiner ..."

„Wir haben ihn bei einem Wettschießen am Schweizerhaus kennengelernt", fiel Klara ein. „Mein Mann möchte ihn gerne zur Jagd einladen." Sie errötete und Moorheim warf ihr einen amüsierten Blick zu. „So ist es", bestätigte er.

Der alte Pförtner bat sie, in seinem Zimmerchen zu warten, und eilte davon.

Klara setzte sich auf das verschlissene Sofa, das mit Sicherheit seine Karriere in einem der Gesellschaftszimmer begonnen hatte – vor vielen Jahren.

„Ein geschickter Schachzug", meinte Moorheim, der unruhig auf und ab ging und die feuchten Flecken an den Wänden betrachtete, „sich auf den Schießwettbewerb zu berufen."

Dann herrschte Schweigen, bis Otto eintrat. „Was wünschen Sie?" Seine Blicke wanderten zwischen den beiden Besuchern hin und her. Er erkannte Klara, aber ihren Begleiter hatte er noch nie gesehen.

„Entschuldigen Sie unseren Vorwand", meinte Moorheim. „Wir wollen Sie zwar nicht zur Jagd einladen, aber Ihre Schießkünste bewundere ich trotzdem."

Otto verbeugte sich.

„Schließlich ist es wahrhaftig kein Kinderspiel, jemanden bei Nacht und auf diese Entfernung so präzise ins Herz zu treffen", fuhr Moorheim im Konversationston fort. „Sagen Sie, haben Sie die Windbüchse eigens mitgebracht, um eine Roulettekugel zu verschießen, oder haben Sie improvisiert?" Er schien dieses Katz-und-Maus-Spiel zu genießen. Obwohl ihm fiebriger Schweiß auf der Stirn stand und seine Wangen eine ungesunde Farbe zeigten, die sich nicht mit den roten Haaren vertrug, waren seine Augen erstaunlich klar.

„Was ist das für eine Unterstellung!", rief Otto scheinbar empört aus, aber Klara sah, dass sein Blick zur Tür gewandert war.

Auch Moorheim waren die Fluchtabsichten des Kammerdieners nicht verborgen geblieben. Wie unabsichtlich schob er sich zwischen ihn und den Ausgang. „Verhalten wir uns doch so, als ob Sie bereits alles zugegeben hätten." Er stützte sich schwer auf seinen Gehstock und lehnte sich gegen die geschlossene Tür. Klara sah ihm an, dass er es vorgezogen hätte, sich hinzusetzen, aber im Moment war das nicht möglich.

„Unsere Folgerungen und Zeugenaussagen würden ausreichen, um Sie vor Gericht zu bringen, und in diesen Skandal wäre dann ganz schnell auch Ihr Herr verwickelt – er war es selbst, der Ihnen den Auftrag erteilt hat, seinen Enkel zu ermorden. Richtig?"

Otto ließ sich auf einen wackeligen Stuhl sinken, der an dem Tisch in der Mitte des Raumes stand. „Sie haben ja keine Ahnung."

„Dann erklären Sie es mir."

Es war dem Diener anzusehen, dass die Loyalität zu seinem Herrn und der Wunsch, sich endlich einmal auszusprechen, einen erbitterten Kampf in seinem Inneren führten. „Ich habe immer gedacht, es ginge um Gerechtigkeit", begann er.

Moorheim setzte sich jetzt zu ihm an den Tisch. „Das hat Ignatz von Paumeck gesagt?"

Otto nickte. „Ich vertraute ihm blind. Ich diene ihm schon so lange, dass ich seine Verhältnisse und seine Gefühle so genau kenne wie meine eigenen." Er tastete nach der Pfeife in seiner Westentasche, ließ sie aber dann doch stecken. „Wir lernten uns bei Waterloo kennen und Paumeck rettete mir in der Schlacht das Leben. Er war mit Leib und Seele Soldat – und daher wurde ich das auch. Als sein Sohn heranwuchs, stellte sich schnell heraus, dass er nicht in die Fußstapfen des Vaters treten würde. Er war schwach und kränklich, aber er heiratete früh und an seinem Grab hielt Ignatz zwei Enkel im Arm. Walther und sein zwei Jahre jüngerer Bruder erwiesen sich als gesund und lebensfroh. Sie waren der ganze Stolz ihres Großvaters. Leider zeigte sich mit zunehmendem Alter, dass die Jungen zwar eine kräftige Konstitution, aber leider einen schwachen Charakter hatten."

„Walther war ein Spieler", meinte Moorheim, „welchen Fehler hat der andere?"

„Er ist zu nachgiebig. Er bewunderte seinen Bruder grenzenlos und machte ihm nie einen Vorwurf daraus, dass er immer mehr Geld aus dem Familienbesitz zog, Schmuckstücke und Äcker verkaufte und das Geld an den Spieltischen quer durch Europa verschleuderte."

Moorheim nickte. „Er gebot ihm keinen Einhalt."

„Aber jemand musste es tun." Otto sah gequält auf. „Inzwischen ist Walthers Bruder verlobt und vielleicht können seine Kinder jetzt auf dem Familiensitz aufwachsen, ohne befürchten zu müssen, vom Gerichtsvollzieher hinausgeworfen zu werden. Paumeck betrachtete es als seine Pflicht, die Zukunft seiner Urenkel zu sichern."

„Aber ein Mord ist ein Mord", sagte Moorheim ernst, „auch wenn die Gründe noch so nobel sein mögen. Und sich der Verantwortung zu entziehen, ist eines Ehrenmanns nicht würdig."

Otto nickte. „Das hat der Herr von Paumeck auch nicht vor. Er sagte mir, er müsse vor seinem Abgang lediglich noch einige Angelegenheiten ordnen."

Moorheim schloss die Augen. „Wenn Paumeck die Absicht hat, eigene Konsequenzen zu ziehen, dann braucht die Obrigkeit nichts von der ganzen Geschichte zu erfahren", sagte er schließlich.

Die beiden Männer erhoben sich. Otto machte eine Verbeugung und verließ das Zimmer.

Klara sah ihren Begleiter an. „Das war es?" Sie fühlte sich innerlich durchgeschüttelt.

Moorheim nickte mit ernstem Gesicht. „Das war es."

Er bot der Gouvernante den Arm, und als Klara ihn nahm, spürte sie ein leichtes Zittern, das sie daran erinnerte, sich nicht allzu sehr darauf zu stützen. Sie verließen das Hotel, wie sie gekommen waren, durch den Hinterausgang. Der alte Pförtner ließ sich nicht mehr blicken.

„Was wird mit Otto?", fragte Klara, als sie langsam zur Straße gingen.

Moorheim zuckte mit den Schultern. „Der war nur ein Werkzeug."

Die Kutsche, mit der sie gekommen waren, wartete noch. Moorheim blieb stehen und wurde plötzlich noch bleicher, als er ohnehin schon war. Klara umklammerte seinen Arm unwillkürlich fester, da sie befürchtete, er könnte umkippen. Das Gespräch mit Otto hatte ihn seine letzten Kräfte gekostet. Gemeinsam mit dem Droschkenkutscher schaffte die Gouvernante es, ihn in den Wagen zu bugsieren.

„Soll ich Sie an Ihrem Hotel absetzen?", fragte Moorheim leise.

Klara verneinte. „Ich gehe zu Fuß. Sehen Sie zu, dass Sie nach Hause und ins Bett kommen."

Sie schaute der Kutsche hinterher und bemühte sich, nicht an Paumeck zu denken. Natürlich wusste sie, dass er so handeln musste, wie es die Konvention von ihm forderte, und im Grunde tat ihr der hartherzige Greis auch nicht leid, aber trotzdem fröstelte sie.

24. Kapitel

W o sind Sie gewesen?", rief Frau Rotherbruch. "Ich habe auf Sie gewartet!"

"Ich sollte mich doch um Krauses Kiste kümmern", sagte Klara.

"Krause", der Bankiersgattin war ein weiteres Versäumnis Klaras eingefallen, "er hat sich beim Mittagessen bitterlich darüber beklagt, dass seine Bücher noch nicht eingetroffen sind."

Klara überschlug im Kopf die Zeit, die vergangen war, seit sie den Dienstmann auf den Weg geschickt hatte. "Das Paket muss doch schon lange hier sein."

"Haben Sie den Transport etwa nicht persönlich überwacht? Krause sagte doch schon, dass man diesen Gepäckträgern nicht trauen kann!"

"Ich habe mir die Kiste aushändigen lassen, ihren Zustand kontrolliert und überwacht, wie der Dienstmann sie auf seinen Karren geladen und sich auf den Weg gemacht hat!"

„Aber Sie haben nicht darauf geachtet, dass er sie auch richtig abliefert." Frau Rotherbruch schüttelte mit dem Kopf. „Ich will gar nicht wissen, welchen Vergnügungen Sie stattdessen nachgegangen sind."

„Ich musste mich überraschend um einen kranken Bekannten kümmern."

„Jaja." Es war der Bankiersgattin anzusehen, dass sie Klara kein Wort glaubte. „Jetzt laufen Sie lieber und besorgen mir endlich mein Stickgarn, bevor der Laden schließt." Sie reichte der Gouvernante einen Zettel, auf dem eine Nummer stand. „Und bringen Sie bitte in Erfahrung, wo Krauses Paket abgeblieben ist."

Klara ging zuerst das gewünschte Stickgarn kaufen. Dabei fiel ihr ein, dass sie vergessen hatte, sich nach Theodoras Handschuhen zu erkundigen. Also hetzte sie als Nächstes zu diesem Laden. Hier erfuhr sie, dass man die Handschuhe bereits um die Mittagszeit ausgeliefert hatte.

Schon recht abgekämpft suchte sie den Pförtner auf, der den Dienstboteneingang überwachte.

„Die Kiste für Herrn Krause?" Der untersetzte Mann mit der grauen Schürze kratzte sich am Kopf. „Die hat vorhin ein Bursche hier abgeliefert. Schimpfte nicht schlecht dabei. Sagte, er sei Gärtner und kein Paketbote."

„Gärtner?" Klara traute ihren Ohren nicht. „Ich habe die Kiste am Bahnhof einem grauhaarigen Dienstmann übergeben, ziemlich langsam und mit einem Karren."

Der Pförtner machte ein verwirrtes Gesicht. Dann ging er in einen Nebenraum und holte die Kiste. „Die brachte jedenfalls ein Gärtner." Er kratzte sich wieder am Kopf und zog einen Brief aus seiner Schürzentasche. Indem er den Umschlag mit dem ausgestreckten Arm von sich weg hielt und die Augen zusammenkniff, entzifferte er die Anschrift. „Sind Sie Klara Söderbaum?"

Als die Gouvernante nickte, gab er ihr das Schreiben. Klara erkannte die elegante Handschrift des Freifräuleins von Wandelbach. Sie ordnete an, dass das Bücherpaket in Krauses Zimmer gebracht werden solle und zog sich dann zurück, um den Brief zu lesen.

Zusammen mit Moorheims Reisetasche hat ein ziemlich verwirrter Dienstmann diese Kiste bei mir abgegeben. Er war schon fort, bevor ihn jemand auf seinen Irrtum aufmerksam machen konnte. Von Herrn Moorheim erfuhr ich, dass sie in Ihr Hotel gebracht werden sollte, deshalb schicke ich unseren Gärtner damit los und hoffe, dass sie nicht schon vermisst wird.

Da ich annehme, dass Sie sich für Herrn Moorheims Ergehen interessieren: Er ist zu Bett gegangen und wenn sich sein Zustand nicht bessert, dann werde ich darauf bestehen, dass ein Arzt hinzugezogen wird.

Ich hoffe, Sie besuchen uns bald …

Klara seufzte und legte den Brief zu denen ihrer Mutter und ihrer Freundin auf den Sekretär. Dann ging sie in den Rotherbruch'schen Salon, um das Stickgarn abzuliefern.

Hier fand gerade eine große Vorführung statt. Theodora präsentierte sich ihren Eltern im Ballkleid mit Handschuhen und Schmuck.

Der Bankier Rotherbruch applaudierte begeistert und machte seiner Frau ein Kompliment für ihren guten Geschmack. Lucille Ottilie lächelte geziert.

„Und es gibt große Neuigkeiten aus Frankfurt", sagte Friedrich Wilhelm Rotherbruch schmunzelnd, als Theodora damit fertig war, sich in alle Richtungen zu drehen. „Kaum wart ihr nach Bad Ems abgereist, haben noch zwei Herren bei mir vorgesprochen, die sich eine Verbindung zwischen Theodora und einem ihrer Söhne gut vorstellen können.

„Sag schnell! Wer war es!", rief seine Gattin ungeduldig und Theodora errötete wie eine Erdbeere.

„Zuerst kam Methmann. Wie ihr wisst, ist sein ältester Sohn nun so weit, in seinem Bankhaus Verantwortung zu übernehmen – und er soll auch eine Familie gründen."

Theodora schlug die Hände zusammen. „Siegfried!"

„Aber es kommt noch besser. Stellt euch nur vor, ein Graf Eisenstein, für den ich in der Vergangenheit einige Geschäfte abwickeln durfte, hat ebenfalls angefragt!"

„Ein Graf!" Frau Rotherbruch jubelte. „Ich habe es ja geahnt!"

„Roderich von Eisenstein", der Bankier ließ den Namen auf der Zunge zergehen, „ist nur der dritte oder vierte Sohn seiner Familie und er würde praktisch kein Kapital in die Verbindung einbringen. Aber die Eisensteins besitzen große Ländereien in Brandenburg und sind in Berlin sehr einflussreich. Angeblich hält sogar Bismarck große Stücke auf den alten Grafen."

„Nein, was du für ein Glück hast!" Die Bankiersgattin strahlte ihre Tochter an, als sei sie selbst eine hoffnungsvolle Braut.

Theodora wirkte weniger begeistert. „Dann müsste ich ja fort von Frankfurt."

„Mein liebes Kind, mit einem solchen Bewerber wäre ich seinerzeit bis zu den Kaffern und Tartaren gelaufen. Barfuß."

Klara bemerkte, wie Rotherbruch seine Ehefrau ansah. Offensichtlich hatte Lucille Ottilie gar nicht wahrgenommen, wie beleidigend diese Bemerkung für ihren Mann war.

„Ich gehe mich umziehen." Theodora stand auf und verließ den Raum.

„Wenn sie sich erst einmal an den Gedanken gewöhnt hat, dann wird sie uns dankbar sein", sagte Frau Rotherbruch mit Inbrunst. Dann entdeckte sie Klara. „Habe ich es nicht schon immer gesagt? Theodora bekommt einen Grafen!"

Der Bankier bremste ihre Begeisterung. „Ich habe mir Bedenkzeit ausgebeten. Wir müssen uns das sorgfältig durch den Kopf gehen lassen. Siegfried Methmann hat schließlich auch eine große Zukunft vor sich und ich kenne ihn seit seiner Geburt – bei ihm hätte Theodora es wirklich gut. Über Roderich von Eisenstein weiß ich nicht viel."

„Immerhin ist er ein Graf", meinte Lucille Ottilie, die etwas verschnupft darüber war, dass ihr Gatte ihre

Begeisterung nicht teilte. Sie sah Klara an. „Gehen Sie und helfen Theodora beim Umkleiden – und vielleicht können Sie auch noch einen Rest von gesellschaftlichem Ehrgeiz bei ihr wecken."

Die Bankiersgattin machte eine wedelnde Handbewegung, um Klara hinauszuscheuchen.

„Was soll jetzt werden?" Theodora saß vor ihrem Frisiertisch und schaute mutlos in den Spiegel.

„Erst einmal solltest du mir erlauben, dir das schöne Kleid auszuziehen. Wir wollen doch nicht, dass es bis morgen ganz zerknittert wird."

„Das hat doch alles keinen Sinn mehr. So wie es aussieht, ist es ja schon eine beschlossene Sache, dass ich diesen Grafen heirate."

„Das ist nicht gesagt", Klara tätschelte Theodora sanft die Schulter, „je mehr Bewerber es gibt, desto länger können sich die Verhandlungen über Ehevertrag und Mitgift hinziehen. Und davon abgesehen – ich glaube, Siegfried Methmann wäre dir gar nicht so unangenehm."

Die Wangen der Bankierstochter erglühten wieder. „Wenn ich den bekommen könnte ..."

„Ich habe den Eindruck, dein Vater ist da gar nicht so abgeneigt. Rede mit ihm."

„Es tut mir leid, wie ich in den letzten Tagen zu Ihnen war", sagte Theodora, während sie aufstand und Klara erlaubte, den Verschluss auf der Rückseite ihres Oberteils aufzuhaken.

„Und mir tut es leid, dass ich deine Mutter nicht um-
stimmen konnte", meinte Klara.

Theodora stieg aus dem Rock und reichte ihn ihrer
Gouvernante, die sorgfältig die Volants glatt strich.
Nur mit Unterwäsche und Korsett bekleidet hüpfte die
Bankierstochter zum Kleiderschrank und zog etwas
heraus. „Ich möchte, dass Sie ihn haben."

Sie hielt ihr einen breiten Schal aus dunkelroter
Kaschmirwolle hin, in den ein exotisches Muster ein-
gewebt war. So weich und leicht, dass Klara unwillkürlich zärtlich darüberstrich, als Theodora ihr das Stück
in die Hände drückte, nachdem sie gezögert hatte, es
zu nehmen.

„Ich bestehe darauf. Den können Sie bei der Operette
tragen, dann achtet niemand auf das Kleid."

Klara war so verblüfft, dass ihr die Worte fehlten. Sie
hätte nie gedacht, dass Theodora etwas von ihren Be-
kleidungsproblemen ahnte.

„Danke", sagte sie leise.

„Es kostet mich nur ein Wort zu Papa, dann kauft er
mir einen neuen." Theodora stieg in ihr Alltagskleid
und knöpfte es mit energischen Bewegungen zu.

25. Kapitel

Der Sonnabend, an dem die langerwartete Operettenaufführung stattfinden sollte, entwickelte sich zu einem der aufreibendsten Tage in Klaras Leben.

Schon kurz nach dem Mittagessen begannen die Damen ernsthaft mit ihren Vorbereitungen für den Abend. Frau Rotherbruch hatte eigens einen Frisör kommen lassen, der sowohl ihre Haare als auch die ihrer Tochter kunstvoll flocht, eindrehte, aufsteckte und mit Federn und Seidenblüten garnierte. Klara hatte genug damit zu tun, zwischen den beiden Schlafzimmern hin- und herzulaufen, hier zu beraten, dort Fragen zu beantworten, hier ein Band auszuwählen und dort ein allzu üppiges Blumenarrangement, das der Haarkünstler auf Theodoras Kopf anbringen wollte, abzulehnen.

Die Gouvernante war froh darüber, dass sie so viel Arbeit beim Herrichten der Damen Rotherbruch hatte. So musste sie nicht darüber nachdenken, was sie selbst tragen beziehungsweise ob sie überhaupt zu dieser festlichen Veranstaltung gehen wollte.

Während Theodora noch eine Maniküre bekam und die Bankiersgattin sich mit einem Glas Sekt auf den Abend einstimmte, schlich sich Klara in ihr eigenes Zimmer. Wenn sie einmal schaute, wie der Kaschmirschal zu ihrem schwarzen Seidenkleid wirkte, dann bedeutete das ja noch lange nicht, dass sie vorhatte, zur Operette zu gehen, redete sie sich ein.

Sie trödelte immer noch vor dem Kleiderschrank herum, als es klopfte.

Vor der Tür stand ein Hotelpage. „In der Halle wartet ein Herr, der Sie dringend sprechen möchte."

Kaum dass Klara am Fuß der großen Treppe in der Hotelhalle angekommen war, trat Otto auf sie zu. „Gute Frau, ich weiß, dass Sie keinerlei Grund haben, mir zu helfen." Seine abgehackte Sprechweise verriet, wie aufgeregt er war.

Klara bat ihn, in einem der Ledersessel, die in Gruppen in der Halle verteilt waren, Platz zu nehmen. Otto winkte ab. „Dazu ist keine Zeit, bitte sagen Sie mir nur ganz schnell, wo ich Herrn Moorheim finden kann – es ist äußerst wichtig." Offensichtlich hatte der Herr bei der Unterredung mit dem Kammerdiener dessen vollstes Vertrauen gewonnen.

„Natürlich kann ich Ihnen sagen, wo er wohnt, aber ich fürchte, er ist nicht in der Lage …"

„Es geht um Leben und Tod!", brach es aus dem Diener hervor. „Ich muss ihn unbedingt sprechen."

„Dann fahren wir zusammen hin", schlug Klara kurz entschlossen vor, da sie ahnte, dass nichts von dem, was sie sagen konnte, den Mann davon überzeugen würde, Moorheim in Ruhe zu lassen. Sie wollte den Angestellten an der Rezeption bitten, eine Droschke zu rufen, aber Otto hielt sie zurück. „Mein Wagen wartet schon vor der Tür."

Während sie im Galopp zum Haus der Wandelbachs rasten, musterte Klara den Diener. Sein kurz geschnittenes Haar war zerwühlt, der Hemdkragen geöffnet und sein Atem ging schnell, als sei er eine ganze Strecke gerannt. Er schaute immer wieder unruhig hinaus und trommelte mit den Fingern auf dem Sitzpolster, so, als würde er am liebsten aufspringen. „Das kann übel enden", murmelte er nur, als ihn Klara fragend ansah.

„Wie schön, dass Sie kommen!", rief das Freifräulein, als das Dienstmädchen die Besucher hereinführte. „Ich lasse Ihnen sofort einen Kaffee bringen."

„Leider bin ich nicht zu einem gemütlichen Plausch hier", begann Klara. Sie spürte fast körperlich Ottos Ungeduld. Ihm dauerte diese Begrüßung schon zu lange.

„Bitte entschuldigen Sie vielmals mein Benehmen, gnädige Frau", unterbrach Otto Klara. „Aber ich muss wirklich ganz dringend mit Herrn Moorheim reden."

Cornelia von Wandelbach hob erst die Augenbrauen und schüttelte dann mit dem Kopf. „Ich glaube nicht, dass das ratsam ist. Der Herr hat eine heftige Grippe und Fieber. Ich bin sicher, er kann Ihnen nicht helfen."

„Es scheint wichtig zu sein." Klara sah das Freifräulein ernst an. „Möglicherweise würde Herr Moorheim Wert darauf legen, dass dieser Mann vorgelassen wird. Wenn ich sein Anliegen nicht für gerechtfertigt halten würde, dann hätte ich ihn niemals hierhergebracht."

„Ich vertraue Ihnen", sagte Cornelia von Wandelbach nach kurzer Überlegung und läutete.

Otto machte seiner Erleichterung in mehreren tiefen Verbeugungen Luft und stürmte dann hinter dem Dienstmädchen her, das die Besucher die Treppe hinauf zu Moorheims Räumen führte.

„Jetzt ist alles vorbei!", rief Paumecks Diener erschüttert, als er das mit einem dünnen Schweißfilm überzogene Gesicht Moorheims sah und in dessen glasige Augen blickte.

„Um was geht es denn?" Der Kranke wollte sich im Bett aufsetzen, sank aber dann mit einem Stöhnen zurück in die Kissen. „Ich hoffe, es ist wichtig."

Klara stopfte ihm ein Polster hinter den Rücken. „Erzählen Sie endlich", forderte sie Otto auf.

„Mein Herr will sich in die Luft sprengen", sagte der Diener mit dumpfer Stimme.

Klara hatte das Gefühl, dass ihr Herzschlag aussetzte.

„Wie kommen Sie denn darauf?", krächzte Moorheim.

„Das Pulver ist weg!"

Nachdem ihn Moorheim angerauzt hatte, er solle gefälligst deutlicher werden, erzählte Otto, dass sein

Herr bei einem Büchsenmacher ein Fässchen Schießpulver gekauft hätte.

„Wie bitte?" Die Stimme des Kranken überschlug sich fast.

„Wir haben auf dem Gut eine Salutkanone, die immer dann zum Einsatz kommt, wenn jemand aus der Familie beerdigt wird. Jetzt wird sie nach langer Zeit wieder gebraucht und der Herr sagte, wir hätten kein Pulver mehr."

Moorheim stöhnte und Klara reichte ihm ein Glas Wasser.

Heute Morgen hatte Otto Paumeck dabei erwischt, wie er das Pulver aus dem Fässchen in mehrere Baumwollbeutel umfüllte. „Er befahl mir, sofort das Zimmer zu verlassen", erzählte der Diener, „aber ich hatte schon genug gesehen."

„Wo ist er jetzt?" Es war Moorheim anzusehen, dass er darum kämpfte, einen klaren Kopf zu bekommen. „Noch im Hotel?"

Otto verneinte. „Er ist fortgegangen und hat mir befohlen dazubleiben. Ich suchte sofort nach dem Pulver, aber es war weg. Da wusste ich mir nicht anders zu helfen und machte mich auf die Suche nach Ihnen." Er sah Moorheim treuherzig an. „Ich war mir sicher, dass Sie wissen, was zu tun ist."

„Wohin könnte Paumeck mit dem Schießpulver verschwunden sein?"

Otto hob die Schultern. „Vor wichtigen Entscheidungen sucht er meist eine Kirche oder Kapelle auf."

„Aber welche könnte das sein?", fragte Klara, denn an Kirchen gab es hier wahrlich eine reiche Auswahl.

„Denken Sie nach", flüsterte Moorheim eindringlich.

Otto rieb sich die Stirn, als wollte er eine Idee mit Gewalt heraustreiben. „Die Kapelle hinter dem Bahnhof", sagte er dann, „dort ist es ruhiger als auf dieser Seite der Lahn. Ich weiß noch, wie der Herr darüber schimpfte, dass sich die Menschen in den Gotteshäusern im Kurviertel ebenso drängeln würden wie an den Spieltischen. Und wie er unterstellte, dass sie die Kirchen nur besuchten, um danach wieder beruhigt an den Roulettekessel zurückkehren zu können."

Moorheim erlaubte sich ein langgezogenes Stöhnen, dann schwang er die Beine aus dem Bett. Klara sah züchtig zur Seite. „Halten Sie das für eine gute Idee?", fragte sie in die Richtung eines Blumenstilllebens, das an der Wand hing.

„Ich würde es für eine gute Idee halten, wenn Sie jetzt das Zimmer verließen. Otto kann mir beim Ankleiden helfen." Moorheims Tonfall verriet, dass es zwecklos sein würde, mit ihm zu diskutieren.

Klara ging hinunter, wo Cornelia von Wandelbach immer noch auf eine Erklärung wartete. Sie erzählte dem Freifräulein von den Paumecks und von Moorheims Gespräch mit dem Kammerdiener.

Fasziniert schaute Cornelia sie an. „Was Sie für Sachen erleben!"

Nur kurze Zeit später tauchten Otto und Moorheim im Salon auf.

„Was soll das jetzt werden?" Cornelia von Wandelbach fasste in Worte, was Klara dachte angesichts des zittrigen Hans Dante, der sich schwer auf den Kammerdiener stützte.

„Wir müssen Paumeck finden, bevor er Schaden anrichten kann", sagte Moorheim, „wer weiß, was er mit dem Schießpulver vorhat."

Otto war schon hinausgeeilt, Moorheim humpelte hinter ihm drein und auch Klara wandte sich zur Tür. Das Freifräulein griff nach ihrer Hand. „Bitte passen Sie gut auf ihn auf", flüsterte sie, „und auf sich selbst auch."

Der Kammerdiener wartete vor dem offenen Kutschenschlag und half Klara und Moorheim hinein. „Fahren Sie beide mit der Droschke. Ich gehe zu Fuß durch den Kurpark in die gleiche Richtung. Auf diese Art sollte er uns nicht entgehen."

26. Kapitel

Die Kutsche hielt vor der kleinen Kapelle aus braunem Stein, deren Vorderseite mit den beiden runden Fenstern über dem Eingangsportal aussah, als ob sie ein Gesicht hätte.

„Ich gehe hinein und schaue, ob Paumeck hier ist", sagte Klara, „und Sie rühren sich nicht von der Stelle."

Moorheim brummte. Er versuchte zwar, sich seine Schwäche nicht anmerken zu lassen, aber er hing mehr in den Polstern, als dass er saß.

Die eine Hälfte der Kirchentür war offen. Klara schlüpfte hinein und sah sich um. Obwohl die Kapelle von außen düster aussah, war der Innenraum erstaunlich hell – und leer. Klara ging durch den Mittelgang bis zum Altar und schaute zur Sicherheit in jede einzelne Bankreihe. Nichts. Sie blickte hinauf zur Empore. Es war unwahrscheinlich, dass sich Paumeck dort oben versteckte, aber sie kletterte trotzdem die schmale Stiege hoch und sah nach. Ein alter Mann in fadenscheiniger Kleidung stand bei der Orgel und sortierte Notenblätter.

„Einen schönen guten Tag", sagte Klara, die sich bemühte, sich nicht ihre Eile anmerken zu lassen. „Ich bin auf der Suche nach meinem Großvater. Wir wollten uns hier treffen, aber er ist nicht da. Haben Sie ihn vielleicht gesehen?"

Der Mesner schaute sie misstrauisch an. „Ich muss sagen, gnädige Frau, um diese Verwandtschaft beneide ich Sie wahrhaftig nicht. Ein alter Herr war in der Tat hier und saß eine ganze Zeit lang in der ersten Bankreihe. Um ihn nicht zu stören, polierte ich derweil das Holzwerk an der Eingangstür. Als der Herr die Kapelle verließ, erlaubte ich mir, ihn auf unsere Spendensammlung hinzuweisen." Er seufzte. „Ich denke nicht, dass ich aufdringlich war, aber der Herr ließ mich sehr unfreundlich wissen, dass sein Enkel sein ganzes Geld verspielt hätte und dass ich ja versuchen könnte, mir meine Spende von der Spielbank zu holen. Und damit sollte ich mich besser beeilen, da der ganze Laden heute Abend mit Musikbegleitung zur Hölle fahren würde." Das faltige Gesicht nahm einen besorgten Ausdruck an. „Falls gnädige Frau die Frage verzeihen: Ist der Herr Großvater noch ganz bei sich?"

„Deshalb versuche ich ja so dringend, ihn zu finden", meinte Klara und eilte hinaus. In der Droschke setzte sie Moorheim von dem Stand der Dinge in Kenntnis.

„Er war also hier und ist wieder gegangen", flüsterte er schwach und versuchte, sich aufrecht hinzusetzen, „aber wohin?"

Klara kam ein Gedanke, der fast zu absurd war, um ihn überhaupt in Worte zu fassen. „Du meine Güte, wenn es das wäre, was er vorhat!"

Moorheim sah sie beunruhigt an. „Haben Sie Erbarmen mit meinem armen Kopf und sagen Sie schon, was Sie denken."

„Er will den Marmorsaal in die Luft sprengen", sagte Klara mit trockenem Mund.

Moorheims Gesicht war ein einziges Fragezeichen.

„Er sagte zu dem Mesner, dass die Spielbank heute Abend zur Hölle fahren würde. Die Bemerkung mit der Musikbegleitung bezog sich wohl auf die Operettenaufführung."

Moorheim schob das Fenster der Droschke hinunter, um dem Kutscher Anweisungen zu geben, aber ein krampfhafter Hustenanfall führte dazu, dass er sich zusammenkrümmte und keinen Ton herausbrachte. Klara übernahm es, den Mann aufzufordern, schnellstmöglich Richtung Kurhaus zu fahren.

Der Droschkenkutscher schnalzte mit den Zügeln und rief seinem Pferd ermutigende Worte zu, aber das Tier konnte nicht schneller laufen, da es immer wieder durch Spaziergänger behindert wurde, die mit den Augen überall, aber nicht beim Straßenverkehr waren.

Klara spähte ungeduldig hinaus. Plötzlich stieß sie einen Schrei aus und klopfte gegen die vordere Wand, um dem Kutscher zu signalisieren, dass er anhalten solle. Moorheim schreckte aus dem Dämmerzustand auf, in dem er die letzten Minuten verbracht hatte. „Sehen Sie ihn?"

Die Gouvernante deutete aus dem Fenster. Paumeck überquerte den Fluss auf der schmalen Fußgängerbrücke, die sich genau zwischen dem Kurhaus und dem neuen Badehaus über die Lahn spannte. Der Kutscher brachte sein Pferd zum Stehen und Klara rief ihm aus dem Fenster zu, er solle wenden, denn die Droschke war schon an der Straßeneinmündung der Brücke vorbeigefahren.

„Das geht hier nicht." Hinter ihrer Kutsche stauten sich bereits andere Fuhrwerke.

„Dann bleiben Sie hier!" Moorheim schob Klara zur Seite und kletterte aus dem Wagen. Er schwankte und musste sich am Hinterrad der Droschke festhalten. Die Gouvernante kam gerade noch rechtzeitig, um ihn zu stützen. „Was für ein Unverstand", schimpfte sie, „zu Fuß erreichen Sie ihn niemals."

„Das ist auch nicht mehr nötig", Moorheim hustete. „Otto war schneller als wir."

Der Verfolgte hatte es nicht eilig. Er lehnte sich an das Brückengeländer, zündete scheinbar gelassen eine Zigarre an und blickte über das glitzernde Wasser. Otto stürzte auf ihn zu und rief etwas. Paumeck wandte sich um. Der Diener redete auf seinen Herrn ein und trat dabei immer näher an ihn heran. Der alte Mann deutete auf seine Zigarre und sagte etwas. Otto wich zurück und sah sich gehetzt um.

„Was ist da los?" Klara flüsterte vor Aufregung.

„Paumeck trägt die Beutel mit dem Schießpulver wahrscheinlich irgendwo am Körper. Er braucht nur die brennende Zigarre draufzudrücken und es gibt eine riesige Explosion."

Klara bekam weiche Knie.

Auf den ersten Blick wirkte alles so friedlich. Ignatz von Paumeck und sein Diener standen sich auf der Kurbrücke abwartend gegenüber, gelegentlich verdeckt durch Gruppen von plaudernden Spaziergängern, die die letzten Sonnenstrahlen genossen.

Plötzlich machte Otto einen Satz, packte den Greis, stieß ihn über das Brückengeländer und fiel gemeinsam mit ihm hinab in die Lahn.

Aufschreie aus unterschiedlichen Richtungen zeigten, dass der Sturz bemerkt worden war. Menschen eilten herbei und Ruderer steuerten ihre Boote dorthin, wo sie hofften, die beiden Männer aufzufischen.

„Warum tauchen sie nicht auf?" Klara grub ihre Finger in Moorheims Arm. „Sie ertrinken doch!"

„Vielleicht ist das Ottos Absicht."

Klara schauderte und Moorheim legte ihr die Hand auf die Schulter.

Ein Raunen und Rufen erhob sich unter den Zuschauern, einige zeigten auf eine Stelle in der Mitte des Flusses, alle reckten die Hälse. Ein Körper trieb bewegungslos an die Oberfläche. Man sah nur den Rücken.

„Ignatz von Paumeck", sagte Moorheim leise, obwohl er von dort, wo sie standen, nicht mit Sicherheit erkennen konnte, um wen es sich handelte.

„Aber wo ist Otto?"

„Das werden wir wohl nie erfahren." Moorheim wandte sich zur Kutsche. „Entweder er ist auch ertrunken oder er wird flüchten, soweit er nur irgend kann." Im Wagen sank er auf seinem Sitz zusammen und sein Gesicht wurde noch um einige Nuancen blasser. „Wir können hier nichts mehr tun."

Klara stieg nicht ein. Sie wollte zu Fuß zum „Russischen Hof" zurückkehren. Das, was sie gerade gesehen hatte, war so erschütternd gewesen, dass sie es allein verarbeiten musste. Sie beauftragte den Kutscher, zum Haus der Wandelbachs zurückzufahren und verabschiedete sich von Moorheim.

In der Rotherbruch'schen Suite waren alle im Aufbruch begriffen. Der Bankier hatte bereits die Handschuhe an und schaute immer wieder auf seine goldene Taschenuhr. Theodora zupfte den weiten Umhang zurecht, der ihr ausladendes Ballkleid gegen den Straßenstaub schützen sollte, und Frau Rotherbruch stand vor dem Spiegel und drückte an ihrer Frisur herum. Am ruhigsten wirkte der Page, der den Mantel der Bankiersgattin bereithielt.

„Ah, Fräulein Söderbaum! Schön dass Sie da sind", Rotherbruch schaute wieder auf die Uhr. „Wir werden etwas früher aufbrechen, da uns mein Geschäftspartner noch zu einem Umtrunk eingeladen hat." Er blickte sich suchend um. „Adalbert bleibt übrigens hier."

Die Bankiersgattin war inzwischen mit ihrer Frisur zufrieden und musterte ihre Gouvernante. „So wie Sie aussehen, werden Sie wohl heute Abend nicht ausgehen. Dann können Sie sich genauso gut um den Jungen kümmern, denn Krause hat heute seinen freien Tag." Sie ließ sich von dem Pagen ihren Mantel umhängen und rauschte zur Tür. Ihr Gatte folgte ihr und Theodora warf Klara einen besorgten Blick zu, bevor sie sich ihren Eltern anschloss.

Klara drückte die Tür der Suite hinter ihnen ins Schloss und betrachtete sich in dem großen Spiegel, der im Eingangsbereich hing. Sie musste Frau Rotherbruch recht geben. Obwohl sie nicht geweint hatte, waren ihre Augen gerötet und auf den bleichen Wangen prangten rote Flecken. So würde sie in der Tat nirgendwo hingehen. Während sie sich noch kritisch betrachtete, öffnete sich zögernd die Tür von Adalberts Zimmer. „Sind sie weg?"

Klara drehte sich um. „Raus mit der Sprache, was hast du angestellt?"

„Ist schon in Ordnung. Ich will ja gar nicht mit." Ein schiefes Grinsen huschte über Adalberts Gesicht. „Beim letzten Treffen mit diesem Baron habe ich mich nur gelangweilt. Er hat Vater fortwährend Dokumente über seine Ländereien gezeigt, die er verkaufen oder beleihen will, und mit seiner diamantbesetzten Krawattennadel angegeben."

„Aha", sagte Klara.

Der Junge seufzte. „Als der fremde Herr mich fragte, was ich werden möchte, wenn ich groß bin, sagte ich Naturforscher …"

„Adalbert!"

Er zuckte mit den Schultern. „Der Herr hat nur gelacht und gemeint, dann sollte Vater sehen, dass er genug Geld verdient, um meine Reisen zu finanzieren. Vater hat ziemlich sauer geschaut."

„Was hast du denn erwartet?"

Adalbert schwieg. Nach einer Weile meinte er: „Von da an redete der Baron von Hinderlingen nur noch über die Diamantmine in Indien, an der er beteiligt ist, und dass er das Geld aus seinen Ländereien verwenden will, um noch mehr Aktien zu kaufen, und dass er Vater auch rät, bei diesem Geschäft einzusteigen."

Klara bekam plötzlich so weiche Knie, dass sie sich auf den verschnörkelten Stuhl setzen musste, der hier im Vorraum eigentlich nur zur Zierde stand. „Wie heißt der Mensch?"

„Hinderlingen." Adalbert drückte Frou frou an sich. „Kennen Sie den etwa?"

„Allerdings – und das ist wirklich kein Privileg."

„Hat er etwas angestellt?"

„Sag schnell, wo wollten sie sich treffen?"

„In dem Kaffeehaus gleich nebenan … darf ich mitkommen?" Adalberts Augen funkelten.

„Auf gar keinen Fall!" Klara sah den Jungen eindringlich an. „Ich will, dass du mit Frou frou hierbleibst und wartest, bis ich wiederkomme. Versprich mir das."

Adalbert nickte und die Gouvernante hetzte in ihr Zimmer, um den silbernen Knauf in ihren Beutel zu stecken. Dann eilte sie zu dem Café.

27. Kapitel

Beim Eintreten streifte sie kurz der Gedanke, dass dies das Kaffeehaus war, das sie auf Walther von Paumecks Spuren erst vor wenigen Tagen aufgesucht hatte. Seither war so viel passiert, dass eine Ewigkeit vergangen zu sein schien.

Offenbar liebten es die Kurgäste, vor dem Musikgenuss noch einen leichten Imbiss und verschiedene Getränke zu sich zu nehmen, denn das Café war voll besetzt. Wohin man auch schaute, an allen Tischen saßen gut gelaunte und elegant gekleidete Paare oder Gruppen, die plauderten, flirteten und diskutierten. Nur die Personen, die Klara suchte, waren nirgends zu sehen. Verzweifelt schaute sie sich um.

„Kann ich Ihnen helfen?" Hanna, das Servierfräulein, lächelte ihr zu.

„Ich bin auf der Suche nach Bekannten." Klara beschrieb die Damen Rotherbruch und die Bedienung nickte. „Die sitzen im Nebenraum. Den öffnen wir nur, wenn solch ein Andrang herrscht wie heute Abend. Ich führe Sie hin."

Die Gouvernante hielt das Fräulein zurück. „Ich will nicht gesehen werden", flüsterte sie.

„Geht es etwa um eine Liebesgeschichte?"

„Wahrhaftig nicht!"

Es war der jungen Frau anzusehen, dass sie Klara nicht glaubte. Mit einem nachsichtigen Lächeln führte sie die Gouvernante in den hinteren Teil des Lokals, wo eine halb zurückgeschobene Portiere den Blick in den Nebenraum erlaubte. Dieser kleine Saal, noch etwas eleganter eingerichtet als die vorderen Räumlichkeiten, erhielt sein Licht durch die rückwärtigen Fenster. Er war voll besetzt. Ein Ober, der ein Tablett mit den unterschiedlichsten Getränken über ihre Köpfe hob, drückte sich an den beiden Frauen vorbei. Hanna schob Klara noch weiter zur Seite und zupfte die Portiere so zurecht, dass die Gouvernante durch einen Spalt zwischen der Wand und dem schweren Vorhang den gesamten Nebenraum überblicken konnte.

Die Gesuchten waren tatsächlich hier. Klara sah, wie der Bankier ein Sektglas hob und etwas sagte. Die anderen tranken ihm zu. Hinderlingen saß ebenfalls am Tisch und schlürfte Champagner. Die Diamantnadel, die er Moorheim abgenommen hatte, blitzte unter seinem Kinn. Auf die Welle von Wut, die plötzlich in ihr aufstieg, war Klara nicht vorbereitet.

„Können Sie die Leute sehen?" Hanna trat aufgeregt von einem Fuß auf den anderen.

„Dort, der untersetzte Herr mit Schnurrbart", Klara deutete auf den Baron.

„Sieht gut aus, nicht wahr?"

„Ich möchte ihm eine Notiz schicken. Können Sie die überbringen?"

„Aber sicher." Anscheinend war die junge Frau immer noch der Ansicht, dass sie als Postillon d'amour fungieren sollte.

An einem Beistelltisch kritzelte die Gouvernante einige Worte auf eine Seite in ihrem Notizbüchlein. Dann riss sie das Blatt heraus, faltete es und gab es dem Servierfräulein. „Ich warte hier auf den Herrn."

Durch den Spalt in der Portiere beobachtete Klara, wie die Bedienung Hinderlingen das Blatt reichte. Der Baron klemmte sich umständlich sein Monokel ins Auge und las den Zettel. Nachdem er ihn gemeinsam mit dem Augenglas in seiner Westentasche hatte verschwinden lassen, beugte er sich vor, schien sich bei den Rotherbruchs zu entschuldigen und stand auf. Während er auf den Durchgang zusteuerte, zupfte er nervös an seinem Schnurrbart.

Als Klara ihm in den Weg trat, packte er sie grob am Arm und bugsierte sie zum Ausgang des Kaffeehauses hinaus.

„Was wollen Sie von mir?", fuhr er sie auf der Straße an.

Es wurde schon dämmrig und ein Angestellter, der die Lampen vor dem Eingang angezündet hatte, gaffte die Gouvernante und den Baron mit offenem Mund an.

„Ich will, dass Sie verschwinden!", fauchte Klara zurück.

„Warum sollte ich?"

Die Gouvernante bemühte sich, ruhig zu bleiben. Der Baron wusste bereits, dass sie jede Gelegenheit ergreifen würde, um ihn anzuklagen oder seinen Ruf zu ruinieren. Was er nicht wusste, war, dass sie einen Beweis für seinen Mordversuch hatte. Sie nahm den Silberknauf aus ihrem Beutel und hielt ihn Hinderlingen unter die Nase. „Was sagt Ihnen das?"

Der Baron fingerte sein Einglas wieder heraus, klemmte es ins Auge, beugte sich vor und betrachtete das Bruchstück eingehend. „Sieht wie der Knauf eines Spazierstockes aus. Scheint abgebrochen zu sein. Wo haben Sie den her?"

„Das ist eine eigenartige Geschichte." Klara atmete tief ein und hoffte, dass sie das Richtige tat. „Das Stück wurde auf der Bäderlei gefunden. Kurz nachdem eine Geröll-Lawine niedergegangen war, die meinen Begleiter und mich bei den Heinzelmannshöhlen knapp verfehlte. Und ich halte es für möglich, dass der Knauf Ihnen gehört."

„Zumal mein alter Spazierstock verschwunden ist", sagte der Baron bedächtig, „was Sie sicherlich schon bemerkt haben." Er steckte das Monokel wieder weg. „Vielleicht habe ich ihn verloren, vielleicht ist er auch gestohlen worden. Immerhin stellt das Silber einen gewissen materiellen Wert dar."

„Aber der Knauf ist hier." Klara hielt ihm das Stück kurz unter die Nase. „Also wurde er nicht gestohlen.

Für mich sieht es vielmehr so aus, als sei der Stock mitten durchgebrochen, als versucht wurde, damit etwas Schweres zu bewegen – beispielsweise einen Felsen loszuhebeln."

„Ich weiß nicht, was Sie damit andeuten wollen", sagte der Baron mit unbewegtem Gesicht. „Natürlich ist es möglich, dass der Spazierstock zu dem von Ihnen angedeuteten Zweck verwendet wurde. Aber ich sage, dass er sich da nicht in meinem Besitz befand."

„Das ist wirklich erstaunlich, denn Sie wurden gesehen. Auf dem Aussichtspunkt unterhalb der Mooshütte, der – wie Sie sicher wissen – genau über den Heinzelmannshöhlen liegt."

„Von wem?"

„Von einem guten Bekannten, der keinen Grund hat, mich zu belügen." Klara hoffte, dass sie damit Lichtblau nicht in Gefahr brachte. „Ich bin sicher, es ließen sich auch noch weitere Zeugen finden, die gesehen haben, wohin Sie gingen und ob Sie mit oder ohne Spazierstock zurückkehrten."

„In Ordnung." Der Baron hob die Hand und schaute Klara zum ersten Mal in die Augen. „Lassen Sie mich kurz nachdenken."

Er zog ein silbernes Etui hervor und zündete sich mit langsamen Bewegungen eine Zigarre an. „Ich weiß, was Sie von mir halten. Und ich kann mir vorstellen, dass Sie mich liebend gerne eines Verbrechens bezichtigen würden." Er sog an seiner Zigarre und stieß dann eine Rauchwolke aus, in die hinein er sagte: „Aber denken Sie nur an den Skandal. Auch Ihr Ruf würde nicht unbeschädigt aus einem solchen Verfahren hervorgehen."

„Und wenn ich es darauf ankommen ließe?"

Er nahm wieder einen Zug und sah Klara prüfend an. „Das wäre unangenehm. Ich sage nicht, dass Ihre Anklage irgendeine Aussicht auf Erfolg hätte, aber es liegt nicht in meinem Interesse, Aufsehen zu erregen. Deshalb sollten wir zu einer Einigung finden."

„Sie lassen den Bankier Rotherbruch in Ruhe."

Die Augen des Barons wurden schmal. „Was wissen Sie von meinen Geschäften?"

„Genug."

„Und was bekomme ich dafür, wenn ich mich zurückziehe?"

„Keinen Ärger."

Der Baron wies auf den silbernen Knauf, den Klara immer noch in der Hand hielt. „Ich will, dass Sie mir den geben und Stillschweigen bewahren. Nicht nur über ein gewisses Ereignis, sondern auch darüber, bei welcher Gelegenheit wir uns kennengelernt haben."

„Damit Sie ihre hiesigen *Geschäfte* ungestört fortführen können."

Der Baron betrachtete sie mit einem scharfen Blick. „Damit mein guter Ruf, der mein Kapital ist, keinen Schaden nimmt."

Klara zwang sich, den Knauf mit ruhigen Bewegungen wieder in ihrem Beutel zu verstauen. „Ich gebe Ihnen das Stück, sobald ich erfahren habe, dass Sie von dem Geschäft, das Sie mit dem Bankier machen wollten, zurücktreten."

„Ihr unweibliches Misstrauen macht Sie nicht attraktiver."

„Ich lege keinerlei Wert darauf, dass Sie mich anziehend finden."

Er verbeugte sich. „Ich hoffe, Rotherbruch weiß zu schätzen, was Sie für ihn tun." Er ging wieder ins Lokal zurück.

Klara wendete sich ab. Sie wartete nicht, was weiter geschah, dazu fehlten ihr schlichtweg die Nerven. Sie wollte sich nur noch die Bettdecke über den Kopf ziehen.

28. Kapitel

Am nächsten Morgen schlich Klara mit schwarzen Ringen unter den Augen in den Speisesaal des Hotels. Sie hatte in der Nacht trotz ihrer Erschöpfung keinen Schlaf gefunden. Immer wieder tauchten aus ihrem Unterbewusstsein die Bilder von Paumecks und Ottos Sturz in die Lahn auf und immer wieder ging ihr das Gespräch mit dem Baron von Hinderlingen durch den Kopf.

Am Frühstückstisch unterhielten sich der Bankier und seine Gattin angeregt, während Theodora gedankenverloren in die Luft schaute und Adalbert neben Krause verdrießlich an seinem Honigbrot kaute.

„Einen schönen guten Morgen, Fräulein Söderbaum." Frau Rotherbruch musterte Klara. „Sie sehen ja immer noch fürchterlich aus." Sie trank einen Schluck Kaffee. „Dabei war die Aufführung gestern Abend so schön!" Sie summte einige Takte einer Melodie.

Klara antwortete nur einsilbig.

Das Serviermädchen des Hotels erschien mit einer dampfenden Kaffeekanne. „Haben Sie schon gehört, was sich gestern Nachmittag ereignet hat?", fragte die junge Frau, während sie den Gästen nachschenkte. „Der Großvater des jungen Mannes, den sie vor ein paar Tagen am Kursaal erschossen haben, wurde tot aus der Lahn gefischt. Sein Kammerdiener soll ihn ermordet haben. Keiner weiß, warum. Womöglich ein Anfall von Wahnsinn."

„Wie tragisch", meinte Lucille Ottilie.

Ein zweites Serviermädchen eilte herbei und flüsterte dem Bankier einige Worte zu. Dieser stand auf und entfernte sich Richtung Hotelhalle.

„Fortwährend Geschäfte", seine Gattin gähnte. „Wie langweilig. Obwohl dieser Baron von Hinderlingen, den wir gestern kennengelernt haben, ein feiner Herr zu sein scheint. Ich freue mich schon darauf, ihn öfter in meinem Haus zu begrüßen."

Klara verschluckte sich an ihrem Kaffee. Frau Rotherbruch schien den Hustenanfall nur als weiteres Krankheitszeichen zu betrachten. „Vielleicht sollten Sie sich in der Apotheke etwas geben lassen. Nicht dass Sie uns noch alle anstecken."

„Das wäre wahrhaftig unangenehm", meinte Krause und Adalbert schnitt eine Grimasse.

Der Bankier kam zurück. Er hielt einen Briefbogen in der Hand und ließ sich schwer auf seinen Stuhl fallen. „Ich kann es nicht fassen, ich kann es einfach nicht fassen." Er überflog erneut das Schreiben, so, als hoffte er, der Inhalt habe sich in den letzten Sekunden geändert. „Ich verstehe es nicht."

„Was ist los?", wollte seine Frau wissen.

„Es hat sich doch so gut angelassen und wir haben gestern noch darauf angestoßen." Er wedelte mit dem Papier. „Und jetzt das!"

„Bitte drück dich etwas klarer aus", Frau Rotherbruch köpfte ihr Frühstücksei, „sonst versteht dich keiner."

Ihr Gatte atmete tief ein. „Der Baron von Hinderlingen. Er schreibt, dass aus unserem Geschäft nichts wird und dass er ganz dringend Bad Ems verlassen muss – aus persönlichen Gründen angeblich."

„Da hat ihm einer wohl bessere Konditionen geboten", mutmaßte Lucille Ottilie. „Es ist immer das Gleiche mit dir: Kaum ist ein adliger Kunde in Sicht, vertreibst du ihn."

„An mir hat es wohl kaum gelegen", knurrte der Bankier, „wer weiß, welcher Konkurrent … Brinkmüller, Schneider, Wohlschreiber …"

„Methmann."

„Blödsinn", sagte Rotherbruch.

Theodora schaute mit schreckgeweiteten Augen ihren Vater an. „Methmann war es sicher nicht!"

Klara bemühte sich, so zu tun, als ob sie das alles nicht hörte. Eine Gouvernante hatte von den Geschäften ihrer Herrschaft nichts mitzubekommen. Sie strich Marmelade auf ihr Frühstücksbrot und begann in kleinen Bissen zu essen. Innerlich triumphierte sie: Hinderlingen erfüllte ihre Forderungen!

Bei dem Gedanken an Moorheim legte sich ihr allerdings ein Stein auf den Magen. Sie hatte verhindert, dass der falsche Baron Rotherbruch rupfte oder gar in die Pleite trieb, aber dafür musste sie jetzt den Beweis für ein Verbrechen opfern und den Täter verscheuchen. Wenn Hinderlingen auf Nimmerwiedersehen abtauchte, während Moorheim krank im Bett lag, dann wäre das ihre Schuld. Sie schob den Teller zurück. Der Appetit war ihr vergangen.

„Ich habe mir überlegt", sagte Frau Rotherbruch zu Theodora, „dass ich an meine Freundin in Berlin, die Baronin von Rakowski, schreibe. Vielleicht kann sie uns etwas über die Familie Eisenstein berichten."

„Das kannst du dir sparen!" Theodora sprang auf und lief aus dem Saal.

Empört schaute die Bankiersgattin Klara an. „Dieses undankbare Mädchen."

„Die Erziehung der jungen Dame lässt fürwahr zu wünschen übrig", murmelte Krause und blickte ebenfalls vorwurfsvoll auf die Gouvernante.

„Bringen Sie sie wieder zur Vernunft", verlangte Frau Rotherbruch.

Klara stand auf und folgte Theodora. Sie fand sie in ihrem Zimmer, wo sie sich auf das Bett geworfen hatte und das Gesicht ins Kissen drückte.

„Dorchen", Klara setzte sich neben sie und legte die Hand auf ihre Schulter. „Davonlaufen nutzt nichts."

Ein Schniefen war die Antwort.

„So wie du dich verhältst, gibst du ihnen nur gute Gründe, dich und deine Wünsche nicht ernst zu nehmen", sagte Klara. „Du musst ihnen schon beweisen, dass du erwachsen bist und dass man mit dir vernünftig reden kann."

„Aber ich will von diesem Eisenstein nichts wissen."

„Das ist der falsche Weg." Klara beugte sich hinunter und flüsterte ihr ins Ohr: „Je mehr du über ihn in Erfahrung bringst, umso höher wird die Wahrscheinlichkeit, dass du etwas herausfindest, das es dir ermöglicht, ihn mit Fug und Recht abzulehnen."

„Aber wenn nicht!"

„Vertrau mir – etwas lässt sich immer finden. Und in der Zwischenzeit kannst du deinen Vater wegen Siegfried Methmann bearbeiten."

Theodora drehte sich auf den Rücken und setzte sich auf. Klara reichte ihr ein Taschentuch.

„Was soll ich denn jetzt tun?"

„Lass deine Mutter ruhig den Brief an die Rakowski schreiben. Wenn sie in dem Glauben handelt, dass du Eisensteins Angebot ernsthaft in Erwägung ziehst, dann wird sie auch Methmann nicht weiter schlechtmachen."

„Hoffen wir es." Theodora tupfte sich die Tränen ab.

„Am besten du gehst zu ihr und entschuldigst dich. Du kannst ihr auch ausrichten, dass ich jetzt in die Apotheke gehe, weil ich mich immer schlechter fühle."

Das Mädchen machte sich auf den Weg zu seiner Mutter und Klara beeilte sich, ihren Teil des Versprechens einzulösen, das sie dem Baron von Hinderlingen gegeben hatte.

„Ich hoffe aufrichtig, dass ich Sie nie wiedersehe", sagte Hinderlingen, während er den Silberknauf in seine Hosentasche gleiten ließ.

„Und ich hoffe, dass ich Sie einmal vor Gericht sehe", sagte Klara.

„Sie werden mir sicherlich verzeihen, wenn ich diese Hoffnung nicht teile." Der falsche Baron erhob sich aus dem Sessel und wandte sich zur Treppe. Sie hatten sich in der Hotelhalle getroffen, wo Hinderlingen bereits Klaras Kommen erwartete. Nachdem er gegangen war, blieb Klara im Schutze der ausladenden Ledersessel noch einige Minuten sitzen. Sie fühlte sich so erschöpft.

Dann trat sie auf den Portier zu. „Der Baron von Hinderlingen reist mit Sicherheit heute ab. Sehen Sie eine Möglichkeit, herauszubekommen, wohin er fahren wird?"

Der Mann wiegte den Kopf. „Viele Gäste hinterlassen ihre Adresse, damit wir Post oder vergessene Gegenstände nachsenden können. Aber meines Wissens hat der Baron diese Dienstleistung noch nie in Anspruch genommen." Er dachte nach. „Möglicherweise könnte man am Bahnhof etwas in Erfahrung bringen."

Klara bat den Portier, ihr Bescheid zu geben, wenn Hinderlingen das Hotel verlassen würde. Dann ging sie wieder nach oben.

„Sie sehen schon besser aus", empfing die Bankiersgattin die Gouvernante, als sie den Salon betrat. „Gerade hat sich Theodora bei mir für ihren Ausbruch beim Frühstück entschuldigt." Sie musterte die Gouvernante anerkennend. „Anscheinend sind Sie doch noch in der Lage, dem Mädchen Benehmen beizubringen."

„Ich bemühe mich", sagte Klara.

Frau Rotherbruch erklärte der Gouvernante nun, dass sie selbst und Theodora am Nachmittag zu einer Bootspartie eingeladen seien. „Mein Gatte reist wieder nach Frankfurt – dort warten wichtige Geschäfte. Krause und Adalbert werden eine geologische Wanderung machen und Frou frou mitnehmen."

„Liegt für mich heute Nachmittag etwas an?", fragte Klara.

Die Bankiersgattin dachte kurz nach, aber ihr fiel keine Aufgabe ein. „In der Tat, Sie haben frei – wieder einmal." Sie schüttelte mit dem Kopf. „Hach, Gouvernante müsste man sein!"

Kaum hatte Klara ihr eigenes Zimmer betreten, klopfte ein Page, der ihr einen Zettel reichte. „Eine Information, um die Sie unseren Portier gebeten hatten."

Hinderlingen hat für zwei Uhr eine Droschke zum Bahnhof bestellt.

29. Kapitel

In gebeugter Haltung humpelte eine Dame durch die Bahnhofshalle. Ihr Hut war mit einem schwarzen Schleier drapiert, den sie bis übers Gesicht hinuntergezogen hatte.

Den Trauerschleier hatte Klara unter ihren Sachen gefunden, als sie darüber nachdachte, wie sie den Baron unbemerkt beobachten konnte. Sie hatte immer noch nicht die peinliche Situation vergessen, als Walther von Paumeck sie im Blumenladen erkannt hatte. Glücklicherweise hatte er ihre Begegnung damals für einen Zufall gehalten. Hinderlingen würde diesen Fehler nicht begehen.

Sie befestigte das dünne schwarze Gewebe an ihrem Hut und setzte ihn probehalber auf. Beim Blick in den Spiegel stiegen wieder die Erinnerungen an das letzte Mal auf, an dem sie so ausgesehen hatte. Bei der Beerdigung ihres Vaters. Klara schluckte und riss sich den Hut vom Kopf.

Während sie ihn in der Hand hielt, ging sie in Gedanken die möglichen Alternativen durch. Es gab keine. Sie dachte an Moorheim und setzte den Hut wieder auf. Der Schleier machte ihr Gesicht unkenntlich. Das war gut. Sie ging davon aus, dass niemand einer trauernden Dame allzu große Aufmerksamkeit schenken würde, schließlich wollte man in einem Kurort nicht daran erinnert werden, was geschah, wenn die Kur nicht anschlug. Um älter zu erscheinen, hatte sich Klara außerdem für einen gebeugten Rücken und einen schleppenden Gang entschieden.

Es war genau zwei Uhr, als sich die Gouvernante vorsichtig auf einer der Bänke in der Bahnhofshalle niederließ. Sie hatte ihren Beobachtungsposten in der Nähe der Fahrkartenschalter gewählt, da sie hoffte, dort etwas erlauschen zu können.

Bereits nach wenigen Minuten fuhr eine Droschke auf den Vorplatz und zwei Männer stiegen aus. Der Baron von Hinderlingen betrat die Halle, gefolgt von einem Pagen aus dem „Russischen Hof", der die großen Reisetaschen schleppte. Klara senkte den Kopf und faltete die Hände im Schoß, während sie das Gefühl hatte, ihre Ohren wüchsen ein paar Zentimeter unter dem Hut hervor. Der Baron trat an den Schalter.

Der Page aus dem Hotel kam mit den beiden Reisetaschen direkt auf Klaras Bank zu. Er wuchtete das Gepäck auf das freie Ende der Sitzgelegenheit und rief nach einem Dienstmann. Während Klara vergeblich versuchte zu verstehen, was Hinderlingen zu dem Schalterbeamten sagte, unterhielten sich der Page und der herbeigeeilte Gepäckträger lautstark. Die Gouvernante hätte am liebsten beide erwürgt.

Nachdem der Baron seine Fahrkarte bezahlt hatte, begab er sich auf den Bahnsteig, an dem die Züge Richtung Koblenz abfuhren. Klara überlegte fieberhaft, was sie tun sollte. Wenn sie doch nur gehört hätte, wohin Hinderlingen die Fahrkarte gelöst hatte. Mit Sicherheit würde er in Koblenz in einen weiteren Zug steigen, der ihn Gott weiß wohin brachte. Kurz streifte Klara der Gedanke, ihm zu folgen, aber dann wäre sie bis zum Abend auf keinen Fall wieder zurück und Frau Rotherbruch könnte mit vollem Recht wütend auf sie sein. Die Gouvernante sah frustriert zu, wie der Zug einfuhr. Der Baron kletterte in einen Waggon erster Klasse, der Dienstmann reichte die Taschen dem Schaffner, dann zog die Lok fauchend und dampfend an.

Klara erhob sich und trat an den Fahrkartenschalter. Der Beamte blickte ihr gelangweilt durch dicke Brillengläser entgegen.

„Entschuldigen Sie bitte", sagte sie mit nervöser Stimme, „können Sie mir mitteilen, wohin der Herr gefahren ist, der gerade bei Ihnen eine Fahrkarte gekauft hat?"

„Welcher Herr?"

Klara beschrieb den Baron von Hinderlingen.

Der Schalterbeamte setzte eine amtliche Miene auf. „Tut mir leid, das darf ich Ihnen nicht sagen!"

„Oh nein", seufzte Klara, „tun Sie das meiner Freundin nicht an!"

Die runden Augen bekamen einen interessierten Ausdruck. „Was hat Ihre Freundin denn damit zu tun?"

Klara räusperte sich, als sei ihr die Sache schrecklich peinlich. Und das war sie auch. Glücklicherweise konnte man ihr rotes Gesicht unter dem Schleier nicht sehen. Und jetzt näherten sich auch noch Schritte von hinten. Eine ganze Gruppe von Reisenden, so wie es sich anhörte.

„Dieser Herr hat ...", sie brach ab und machte eine hilflose Handbewegung.

Eine solche Geschichte wurde dem Fahrkartenverkäufer offensichtlich nicht zum ersten Mal erzählt. „Auch wenn er Sie kompromittiert hat, ich habe strikte Anweisung, keine Informationen herauszugeben – das ist Eisenbahngeheimnis." Er richtete sich auf seinem ungepolsterten Stuhl auf und bemühte sich, wichtig dreinzuschauen.

„Haben Sie ein Herz", bat Klara und rang die Hände. „Denken Sie doch nur an die Familie ..."

„Daran hätte Ihre Freundin denken sollen", sagte der Beamte kalt und kramte in seiner Schreibtischschublade herum. „Und jetzt geben Sie bitte diesen Schalter frei."

Klara wandte sich ab. Sie hatte es versucht.

„Fräulein Söderbaum!", sagte eine erstaunte Stimme, „was machen Sie denn hier?"

Überrascht drehte sich Klara um und stand direkt vor dem Bankier Rotherbruch. Ihre Gedanken rasten. Wie hatte er sie nur erkannt?

„Sie sind doch Fräulein Söderbaum?"

Anscheinend war er sich nicht völlig sicher. Klara drehte sich einfach um und ging gebeugt und humpelnd davon.

Erst als sie das Bahnhofsgebäude verlassen hatte, wagte sie aufzuatmen. Dennoch behielt sie Haltung und Gang bei, bis sie auf der Kurbrücke angekommen war. Hier schob sie den Schleier über die Hutkrempe nach oben und stützte die Ellenbogen auf die Brüstung. Sie war knapp einem Skandal entkommen und hatte immer noch nicht erfahren, was sie wissen wollte. Mit einem Seufzer legte sie das Gesicht in die Hände.

Jemand blieb neben ihr stehen. Klara erschrak. War es möglich, dass der Bankier Rotherbruch ...? Doch durch ihre Finger hindurch sah sie einen Rock, und es war auch eine weibliche Stimme, die sie ansprach.

„Gnädige Frau. Ich denke, ich kann Ihnen helfen."

Klara hob den Kopf. Sie musste kurz überlegen, da sie das Serviermädchen, das heute in Straßenkleidung unterwegs war, kaum erkannte. Hanna lächelte sie unter einem etwas zu sehr mit Stoffblumen beladenen Hütchen an. „Ich war auf dem Bahnhof, weil ich heute meinen freien Tag habe und zu meiner Familie nach Nassau fahren wollte. Da habe ich zufällig mitbekommen, wie sich der Schalterbeamte weigerte, Ihnen in einer bestimmten Sache eine Auskunft zu erteilen."

Klara errötete unwillkürlich. Wer hatte sonst noch dieses Gespräch belauscht?

„Ging es um den gleichen Herrn wie gestern?"

Klara wollte das zuerst von sich weisen. Sie erinnerte sich daran, dass das Serviermädchen nicht von der Ansicht abzubringen war, dass eine Liebesgeschichte dahintersteckte. Doch dann nickte sie.

Hanna schaute begeistert. „Ich helfe Ihnen gerne. Ob ich einen Zug früher oder später nehme, das spielt keine Rolle." Sie unterbrach sich. „Außerdem hatten Sie neulich Abend keine Gelegenheit mehr, mir ein Trinkgeld zu geben – bestimmt wollen Sie das noch nachholen."

„Aber natürlich", beeilte sich Klara zu versichern, „das muss unbedingt getan werden – und natürlich wäre es mir einen Extrabonus wert, wenn Sie herausbekommen könnten, wohin dieser Herr gefahren ist."

„Gar kein Problem", erklärte Hanna, „warten Sie hier."

Erstaunt schaute die Gouvernante hinterher, wie das Serviermädchen mit energischen Schritten die Straße zum Bahnhof hinaufging. Es dauerte weniger als eine Viertelstunde, bis Hanna wieder da war.

„Der Herr ist über Koblenz nach Wiesbaden gefahren."

„Wie haben Sie das denn herausgefunden?", wollte Klara wissen.

„Der Schalterbeamte ist ein Nachbar meiner Eltern und er kennt mich, seitdem ich so klein war", Hannas

Hand verharrte auf Kniehöhe. „Da nimmt man manche Vorschriften nicht so ernst."

„Ich danke Ihnen", sagte Klara aufrichtig. „Wenn Sie mit ins Hotel kommen, dann kann ich Ihnen auch das Trinkgeld geben."

Hanna lachte. „So eilig ist es nicht. Besuchen Sie mich doch einfach im Café. Jetzt fahre ich nach Nassau."

Als Hanna verschwunden war, sah Klara auf die Uhr. Bis sie wieder von den Rotherbruchs benötigt wurde, würden noch ein paar Stunden vergehen. Kurz entschlossen machte sie sich auf den Weg zur Villa der Wandelbachs.

Das Dienstmädchen, das auf ihr Klopfen öffnete, erklärte: „Das Freifräulein von Wandelbach ist nicht zu Hause – sie muss sich heute ihrer wöchentlichen Inhalationsbehandlung unterziehen."

„Dann will ich nicht länger stören." Klara trat von der Tür zurück.

„Aber der Herr Moorheim wäre zu sprechen. Er sitzt im Wohnzimmer und langweilt sich." Der jungen Frau mit dem weißen Häubchen war anzusehen, dass sie es begrüßen würde, wenn jemand den Genesenden unterhielte. „Kommen Sie ruhig herein", sagte sie, „ich bringe Ihnen auch eine Tasse Kaffee."

Das Dienstmädchen führte Klara in einen Raum auf der Rückseite des Hauses. Große Fenster ließen das Licht herein, nachdem es durch die Bäume im Garten zu einer grünen Dämmerung gedämpft worden war.

Die Wände wurden von wohlgefüllten Bücherregalen verdeckt und im Kamin brannte trotz des warmen Sommertages ein Feuer. Im Sessel saß ein blasser Hans Dante Moorheim im Morgenrock und mit einem dicken Schal um den Hals. Seine Haare waren offenbar schon seit Tagen nicht mehr gekämmt worden und auf seinen Füßen hatte es sich Xerxes bequem gemacht.

„Welch ein erfreulicher Anblick", krächzte er, als Klara das Zimmer betrat. „Nehmen Sie Platz und retten Sie meinen Tag." Er deutete auf das Sofa, das dem Sessel gegenüberstand.

Xerxes schaute kurz auf und gähnte. Dann legte er den schweren Kopf auf seine Vorderpfoten und schlief weiter.

Klara setzte sich auf die Seite des Sofas, die am weitesten vom Feuer entfernt war.

„Aber warum sind Sie in Trauer?", fragte Moorheim beunruhigt, „ich hoffe nicht, dass kürzlich irgendein Angehöriger von Ihnen …"

Klara beruhigte ihn. „Ich glaubte, der Trauerschleier würde sich bei meiner Lauschaktion als hilfreich erweisen, aber das war leider nicht der Fall."

„Was für eine Lauschaktion?" Moorheim lehnte sich alarmiert vor.

Die Gouvernante hatte nicht erwartet, dass sie so schnell bei dem Thema Baron von Hinderlingen landen würden, aber anscheinend ließ es sich nicht vermeiden.

Sie erzählte, wie sie herausgefunden hatte, wohin der falsche Baron abreiste.

„Aber warum verschwindet er Hals über Kopf aus Bad Ems?", rätselte Moorheim. „Normalerweise sucht er erst dann das Weite, wenn er Beute gemacht hat."

„Daran bin ich schuld", murmelte Klara, während sie errötete. „Ich habe das von ihm verlangt."

„Was haben Sie?" Moorheim war so überrascht, dass er vergaß zu flüstern. Deshalb folgte sofort ein krampfhafter Husten dieser Frage. Als er wieder Luft bekam, berichtete Klara von der Abmachung, die sie mit dem Baron getroffen hatte.

„Sie haben sich mit ihm unterhalten? Sie wissen doch, dass er gefährlich ist." Moorheim rang die Hände. „Wenn ich nur da gewesen wäre."

Klara erzählte, dass sich Hinderlingen an den Bankier Rotherbruch herangemacht hatte und dass sie sich nicht anders zu helfen wusste, als das Beweisstück zu opfern. „Ich konnte Sie auch nicht fragen – es ging alles zu schnell."

„Sei's drum", meinte Moorheim, der sah, dass sich Klara Vorwürfe machte, obwohl sie nicht anders hatte handeln können. „Weg ist weg."

Das Dienstmädchen brachte eine Tasse Kaffee für Klara und einen Tee für den Patienten.

Kurz darauf hielt eine Droschke vor der Tür und Cornelia von Wandelbach kam ins Zimmer.

„Wie schön, Sie zu sehen." Das Freifräulein nahm Platz.

„Erschrecken Sie nicht über den Trauerschleier", knurrte Moorheim, „Fräulein Söderbaum hat lediglich im Alleingang ihrem Arbeitgeber den Hintern gerettet und den Baron von Hinderlingen in die Flucht geschlagen."

„Das klingt nach einer spannenden Geschichte." Das Freifräulein lächelte Klara zu, während es die Kaffeetasse entgegennahm, die ihm das Dienstmädchen reichte.

Die Gouvernante erzählte noch einmal, dass der falsche Baron geplant hatte, den Bankier auszunehmen.

„Mit meiner Krawattennadel", fügte Moorheim hinzu.

„Und Sie mussten ihm den Silberknauf zurückgeben, damit er Rotherbruch in Ruhe lässt", sagte Cornelia.

Klara nickte traurig.

„Machen Sie sich nichts daraus", meinte Moorheim, „wahrscheinlich hätte die Sache vor Gericht ohnehin keinen Bestand gehabt – besonders wenn sich Lichtblau weigert auszusagen."

„Aber was wollen Sie nun unternehmen?"

„Dank Ihnen weiß ich, wo ich ihn zu suchen habe – wenn endlich diese elende Grippe überstanden ist."

„Wiesbaden ist groß", Klara hatte immer noch Schuldgefühle, weil sie die Ursache für die Abreise des Barons war.

„In der Spielbank wird er mir schon über den Weg laufen."

„Wenn er Sie erkennt, dann flüchtet er womöglich weiter."

„Er wird mich nicht erkennen. Nicht nur Sie können sich verkleiden."

„Und dann?"

„Entweder ich schaffe es, ihn zu verleiten, dass er mich übers Ohr haut, oder ich finde jemanden, bei dem sich beweisen lässt, dass der Baron in betrügerischer Absicht an ihm gehandelt hat."

„Dann bringen Sie ihn vor Gericht?"

„Mit Freuden."

„Und wenn das alles vorüber ist?"

Moorheim schmunzelte. „Das habe ich noch nicht entschieden."

„Jedenfalls bestehe ich darauf, dass Sie uns an allem, was Sie in Wiesbaden erleben, teilhaben lassen", sagte Cornelia von Wandelbach.

Der folgende Band:
Fräulein Söderbaum und die vertauschte Russin
erscheint voraussichtlich Ende 2018/ Anfang 2019

Nachwort

Für die detaillierten historischen Informationen danke ich dem Team des Stadtmuseums Bad Ems und insbesondere Dr. Hans-Jürgen Sarholz.

Ich habe versucht, das Bad Ems des 19. Jahrhunderts so getreu wie möglich zu schildern – Fehler gehen auf meine Kappe!

Die genannten Hotels existierten damals und die meisten der Gebäude gibt es noch heute. Auch Henriettensäule, Heinzelmannshöhlen und Concordiaturm befinden sich immer noch dort, wo sie im 19. Jahrhundert waren. Die kleine Kapelle hinter dem Bahnhof ist weiterhin sehenswert, ebenso wie der Blick von der Kurbrücke und der Marmorsaal. Der Aufenthalt Jacques Offenbachs und Zulma Boufars im Sommer 1863 lässt sich neben den Kurlisten auch durch Konzertankündigungen belegen.

Mein Gewährsmann für den (fast) allwissenden Portier ist Mark Twain, der auf das europäische Hotelpersonal seiner Zeit ein wahres Loblied singt.

Der Roulettekessel, der im 19. Jahrhundert im Marmorsaal stand – das Gebäude in dem heute die Spielbank residiert, gab es damals noch nicht – ist im Stadtmuseum zu besichtigen.

Ortskundige Leser könnten sich darüber wundern, dass die Lahnschleuse zwischen Bad Ems und Dausenau bei meiner Beschreibung der Bootsfahrt von Lichtblau und Adalbert nicht erwähnt wird. Sie existierte 1863 noch nicht.

Weitere Romane von Kristina Ruprecht:

Gift im Kurbad,
Intrigen statt Entspannung

Sauerwasser und
Jungfernpalme

Historischer Roman

Als Print- und E-Book
erhältlich
ISBN:
9783744821766

Langenschwalbach im Mai 1650.
Der Landgraf trifft samt Gefolge in dem beschauli-
chen Kurort ein. Eine Hofdame stirbt kurz darauf an
einer Vergiftung. War das ein fehlgeschlagener Ab-
treibungsversuch oder Mord?
Simon Prätorius, der Arzt, der keine schweren
Krankheiten mehr behandeln will und Rosalie Mette,
die als Gastwirtin endlich im bürgerlichen Leben angekommen ist, geraten auf die Spur einer Intrige, die
nicht nur das Leben des Landesherrn und seiner
Familie bedroht.

Landleben mit Lügen
und Geheimnissen

Franziska, der
Schatz des Doktors
und die preußische
Marine

Historischer Roman

Als Print- und E-Book
erhältlich
ISBN:
9783746037110

Rügen 1862.
Franziska Meistersinger besucht ihre Cousine Luise,
um auf Gut Polkvitz über den Tod ihres Mannes
hinwegzukommen. Doch Ruhe und Frieden findet
sie hier nicht. Sie erlebt, wie ein Plan der preußischen Marine die Gemüter der Inselbewohner er-
hitzt. Ausgerechnet Luises Schwager, Leutnant
Justus-Otto von Veldhain, ist für die Vorbereitungen
dieses Bauprojektes verantwortlich. Als er plötzlich
verschwindet und für tot erklärt wird, stürzt Franziska in tiefste Verzweiflung.

Franziska,

der Schatz des Doktors und die preußische Marine

„Wenn ich sage, ich fahre Sie nicht, dann meine ich das auch so! Von mir aus können Sie hier verrotten!"

Jemand spuckte laut aus. Der aufgebrachte Mann musste sich direkt vor den Pferden auf der Straße befinden, denn die Kutsche, die schon seit Stunden rüttelte, rasselte, stieß und schaukelte, hatte endlich einmal angehalten.

Franziska Meistersinger reckte den Hals, um aus dem schlierigen Seitenfenster etwas sehen zu können. Auf der gegenüberliegenden Bank rappelte sich Johanna in eine aufrechte Position. Einige blonde Strähnen waren aus ihrem Zopf entkommen und ringelten sich nun um ihr rosiges Gesicht. Verlegen strich sich das Kammermädchen über den Kopf. Johanna hatte es geschafft, bei diesem ganzen Gerumpel und Gepolter ein Nickerchen zu halten. Franziska beneidete sie. Sie selbst konnte seit Wochen kaum noch schlafen. Unwillkürlich griff sie nach der

Leseprobe

Herrentaschenuhr, die an einem schwarzen Samtband um ihren Hals hing. Das Segelschiff, das auf dem Deckel der Uhr eingraviert war, drückte sich in ihren Handballen.

Draußen platschte Wasser und eine weitere Schimpftirade ertönte: „Erst dafür sorgen, dass man brotlos wird und dann glauben, dass man ihn übersetzt!"
Johanna wischte an der Fensterscheibe herum, so, als könnte ein sauberes Glas bewirken, dass sich etwas Interessanteres zeigte als ein niedriges Gebüsch und eine Hauswand.

Die Tür des Coupés wurde von außen geöffnet. Justus-Otto von Veldhain streckte den Kopf herein. Seit Stralsund ritt er neben der Kutsche her, aber die frische Luft war wohl nicht der einzige Grund für sein gerötetes Gesicht.

„Wir haben hier einen kleinen Aufenthalt", sagte er und Franziska hörte den unterdrückten Zorn in seiner Stimme. „Der Fährmann hat sich geweigert, uns überzusetzen, und sein Kollege muss erst herüberrudern." Er holte tief Atem.
Dann fuhr er etwas fröhlicher fort: „Um die Wartezeit zu verkürzen, kann ich den Damen einen Imbiss und eine Nase voll frischer Luft empfehlen." Er trat einen Schritt vom Wagen zurück und streckte die Hand aus, um den Frauen beim Aussteigen zu helfen.